读客当代文学文库
当代文学看读客，名家名作都在这

余华文学课

九岁的委屈和九十岁的委屈

余华 著

漓江出版社
·桂林·

图书在版编目（CIP）数据

余华文学课：九岁的委屈和九十岁的委屈 / 余华著. —— 桂林：漓江出版社，2025. 4. — ISBN 978-7-5801-0233-1

Ⅰ. I267.1

中国国家版本馆 CIP 数据核字第 2025YS6937 号

余华文学课：九岁的委屈和九十岁的委屈
YUHUA WENXUE KE: JIU SUI DE WEIQU HE JIUSHI SUI DE WEIQU

作　　者：余　华

出 版 人：梁　志
特约编辑：陆雨晴　李晨茜　李晓宇
责任编辑：谢青芸
装帧设计：汪　芳
责任监印：张　璐

出版发行：漓江出版社有限公司
社　　址：广西桂林市南环路 22 号
邮　　编：541002
发行电话：010-85891290　0773-2582200
邮购热线：0773-2582200
网　　址：www.lijiangbooks.com
微信公众号：lijiangpress

印　　制：三河市龙大印装有限公司
　　　　　〔三河市沟阳镇兰各庄村　邮编：065200〕
开　　本：880 mm×1230 mm 1/32
印　　张：7.75　字数：150 千字
版　　次：2025 年 4 月第 1 版
印　　次：2025 年 4 月第 1 次印刷
书　　号：ISBN 978-7-5801-0233-1
定　　价：49.90 元

漓江版图书：版权所有，侵权必究
漓江版图书：如有印装问题，可联系调换，电话：010-87681002

目　录

第1课　　两个牙医　　　　　　　　　　　　　　　001

第2课　　老农民詹姆逊　　　　　　　　　　　　　009

第3课　　纪念辩证法大师詹姆逊　　　　　　　　　015

第4课　　卡夫卡的"诸位请原谅"　　　　　　　　027

第5课　　西·伦茨的《德语课》　　　　　　　　　035

第6课　　威廉·福克纳　　　　　　　　　　　　　041

第7课　　胡安·鲁尔福　　　　　　　　　　　　　047

第8课　　埃米尔·库斯图里卡，没有边境的写作　　055

第9课　　一个游魂在讲述　　　　　　　　　　　　067

第10课	鲁迅写下的是人的根本	079
第11课	飞翔和变形 ——关于文学作品中的想象之一	087
第12课	生与死,死而复生 ——关于文学作品中的想象之二	101
第13课	要让每个细节出现在自己的位置上 写作课:欧·亨利《麦琪的礼物》	117
第14课	所有的小说都是属于今天的 写作课:帕慕克《瘟疫之夜》	137
第15课	九岁的委屈和九十岁的委屈 写作课:契诃夫《万卡》和拉克司奈斯《青鱼》	167
第16课	附录:成为一个不被别人忘掉的作家就够了	185

*《余华文学课》谈及作者和相关作品阅读清单　　241

第1课

两个牙医

十多年来，我对一位名叫阿拉·阿斯瓦尼的埃及作家保持了浓厚的好奇心，差不多每年都会去网上搜索一下，有没有他的著名小说《亚库班公寓》的中文版，很遗憾一直没有出现。

原因很简单，他是一位牙医作家，而我做过五年牙医。这十多年来，我在不同的国家接受采访时，经常有记者提到埃及牙医阿拉·阿斯瓦尼，这些外国记者告诉我，阿拉·阿斯瓦尼写小说成名后仍然在自己的诊所里干着牙医工作。这让我有些惊讶，我是为了不做牙医才开始写作的，因为我不想总是看着别人张开的嘴巴，可是我的埃及同行看着别人张开的嘴巴好像乐此不疲，我猜想他在拔出别人的牙齿时也拔出了别人的故事，然后他在别人的嘴里装上了假牙，别人的真故事被他装进了小说。中国的网上介绍《亚库班公寓》时，说这是一部反映埃及社会百态的小说；在介绍阿拉·阿斯瓦尼时，说他一直以一个埃及知识分子的视角针砭时弊，以埃及大社会为背景，用文字刻画出丰满的人物形象。我搜索到阿拉·阿斯瓦尼被翻译成中文的一段话，当被问到为何不做专职作家时，他回答：

"社会是一个活生生的东西,你必须随时了解它的新动向,这就是我坚持做牙医的原因。尽管眼下每周只有两天坐诊,但我永远不会让诊所关张,因为那是我的'窗户',当我打开它时,我就能看到大街上发生了什么事。"

这段话让我觉得自己的猜想可能有一点点道理,当然我相信阿拉·阿斯瓦尼通过他的"窗户"看到大街上发生了什么事的视角是独一无二的。看到阿拉·阿斯瓦尼这段话的时候,我还没有读过他的小说,但是出于一个牙医对另一个牙医的理解,一个作家对另一个作家的理解,这样的双重理解让我相信,阿拉·阿斯瓦尼不会简单地直接地把别人的故事装进自己的小说,那些顾客的故事进入小说时,阿拉·阿斯瓦尼首先要经过洞察力的筛选,然后想象力才开始运行。对于这样的作家,给他一个可靠的支点就足够了,他会尽情发挥,他会在一条正确的叙述道路上越走越远,根本不用担心岔路的出现,因为岔路会自动并向主路,他不仅越走越远,还越走越宽广。这就是为什么十多年来我对阿拉·阿斯瓦尼一直保持了浓厚的好奇心,我一直想翻开他小说的中文版,看看这个埃及牙医如何在叙述里展现埃及的当下生活。

然后有一天,一位上海的朋友给我发来微信,说她正在台北的诚品书店,问我要什么书,我请她找找阿拉·阿斯瓦尼的书,她说只有《亚库班公寓》,我说我要的就是这一本。几天以后,这本书在我手上了。

《亚库班公寓》向我们呈现了一个陌生的开罗，一个陌生的埃及，或者说为我们切出了阿拉伯世界里的一个阴暗面。阿拉·阿斯瓦尼使用集中叙述的方法将那些分散在埃及和开罗各处的人和故事集中到了一幢名叫亚库班的公寓里。这部书给予我一个强烈的感受，就是阿拉·阿斯瓦尼所说的"社会是一个活生生的东西"里的"活生生"这三个字。重要的是阿拉·阿斯瓦尼在表现社会阴暗面的时候自己一点也不阴暗，爱与同情在这部书里随处可见。他是这样一个作家，用阳光的感受描写月光，用白昼的心情描写黑夜。

现在应该说说一个中国牙医如何描写中国的当下生活。我想说说《第七天》，这也是一部使用集中叙述方法的作品，我把分散在不同时间和不同空间里的人和故事集中到了"死无葬身之地"。因为篇幅关系，我只能说说《第七天》里的一个场景。这部小说二〇一三年在中国出版，阿拉伯文版二〇一六年出版。

小说开始的时候，一个名叫杨飞的人死了，他接到殡仪馆的一个电话，说他火化迟到了，杨飞心里有些别扭，心想怎么火化还有迟到这种事？他出门走向殡仪馆，路上发现还没有净身，又回到家里用水清洗自己破损的身体，殡仪馆的电话又来催促了，问他还想不想烧？他说想烧。那个电话说想烧快点过来。然后杨飞来到了殡仪馆，当然路上发生了一些事，他来到殡仪馆的候烧大厅，这是死者们等待自己被火化的地方，他从取号机上取下的号是A64，上面显示前面等候的有五十四位。

候烧大厅分为普通区域和贵宾区域，贵宾号是V字头，杨飞的A字头是普通号，他坐在拥挤的塑料椅子上，听着身边的死者感叹墓地太贵，七年涨了十倍，而且只有二十五年产权，如果二十五年后子女无钱续费，他们的骨灰不知道会去何处。他们谈论自己身上的寿衣，都是一千元左右，他们的骨灰盒也就是几百元。贵宾区域摆着的是沙发，坐着六个富人，他们也在谈论自己的墓地，都在一亩地以上，坐在普通区域死者的墓地只有一平方米，一个贵宾死者高声说一平方米的墓地怎么住？这六个贵宾死者坐在那里吹嘘各自豪华的墓地，昂贵奢华的寿衣和骨灰盒，骨灰盒用的木材比黄金还要贵。

我虚构的这个候烧大厅，灵感的来源一目了然，就是从候机楼和候车室那里来的。至于进入候烧大厅取号，然后A字头的号坐在塑料椅子区域，V字头的号坐在沙发的贵宾区域，这个灵感来自在中国的银行里办事的经验。中国人口众多，进入银行先要取号，存钱少的是普通号，坐在塑料椅子上耐心等待，有很多人排在前面。存钱多的是VIP客户，进入贵宾室，里面是沙发，有茶有咖啡有饮料，排在前面的人不多，很快会轮到。

来自现实生活的支点可以让我在叙述里尽情发挥，有关候烧大厅的描写，我数了一下，在中文版里有十页。我在这里想要说的是文学创作和现实生活的双向作用，一方面，无论是现实的写作还是超现实的写作，是事实的还是变形的，都应该在现实生活里有着扎实的支点，如同飞机从地上起飞，飞上万米高空，飞了很久之后还是要回到地上；另一方面，现实生活又给予了文学创作重塑的无限可能，文学可以让现实生活真实呈现，也可以变形呈现，甚至可以脱胎换骨呈现。当然前提是面对不同题材不同文本所作出的不同塑造和呈现，这时候叙述分寸的把握十分重要，对于写实的作品，最起码应该做到张冠张戴李冠李戴；对于超现实的和荒诞的作品，做到张冠张戴李冠李戴也是最起码的。这里我说明一下，卡夫卡《变形记》是一个很好的例子，格里高尔·萨姆沙变成甲虫以后仍然保持着人的情感和思想，如果将他的情感和思想写成甲虫的情感和思想，这就是叙述的张冠李戴；他翻身的时候翻不过去，因为已经是甲虫的身体，如果他还是人的身体轻松翻过去，也是叙述的张冠李戴。

就像牙医的工作，什么样的牙应该拔，什么样的牙应该补，这是一个分寸如何把握的问题。应该拔的牙去补那是判断失误，应该补的牙去拔那是不负责任。还有假牙，也是一个分寸如何把握的问题，好牙医应该拥有以假乱真的本领，让装在病人嘴里的假牙像真牙一样，不只是看上去像真的，咀嚼时也要像真的。如果拔掉了智齿再装上假智齿，这样的牙医，说实话我没有见过，这样的文学作品，我倒是见过一些。

二〇一八年十二月五日

第2课

老农民詹姆逊

九月二十三日下午，我在手机上读到一篇关于弗雷德里克·詹姆逊的文章，不祥之感笼罩了我的阅读。文章讲述了詹姆逊一生的学术成就，通篇下来没有一处说到他的去世，可是怀念性的语句让我觉得这位伟大的学者和亲切的老人可能离世而去了。

到了晚上，我收到刘康发来的微信聊天记录，证实了我的预感，詹姆逊走了。他去天堂了吗？不知道，詹姆逊对天堂没有什么兴趣，最好的说法是他去了另一个世界，一个和这个世界平行的世界，同样有美好与丑陋，同样有战争与和平，同样有正义和邪恶，同样有平等和不平等……他因此不会一劳永逸，他会继续洞察、思考和写作，继续给学生讲课。他九十岁的时候仍然出现在杜克大学的讲台上，今年八月底开学的时候，他为这学期开的一门课讲了第一次，第二次因为身体原因取消了，然后是他去世的消息传来。

刘康同时发来一组二十一年前的照片，二〇〇三年十一月我去杜克大学时与詹姆逊的合影，往事历历在目了。

我认识詹姆逊是在杜克的一家餐馆里，我和妻子陈虹、北卡大学的乐钢，刘康是主人，那天中午他请客。我们四个人在餐桌前刚坐下，刘康说詹姆逊来了，我朝门外看去，当时是午餐时间，几个衣冠楚楚的教授走进餐馆，我问刘康，哪个是詹姆逊？刘康说，这几个都不是，詹姆逊正在停车。当时詹姆逊新买了一辆红色大众，应该是大众轿车系列里最小最便宜的，刘康一眼认出了他的新车，伸手指着门外几辆进入停车位的车对我说，那是詹姆逊的车。我不知道是哪辆车，有几个人从各自的车里出来，走进餐馆，我正在揣摩哪个是詹姆逊时，衣着最土的那个微笑地走过来，刘康和乐钢站起来向他介绍我，我和詹姆逊握手了。

　　当时詹姆逊穿着深灰色的长裤，上身是一件敞开的浅灰色毛衣，里面是绿格子衬衣。这个描述是我在刘康发给我的照片里获得的，其实我不记得詹姆逊那天的穿着，只是觉得他穿得很土。从他的《论现代主义文学》一书里可以看出他顶级的审美趣味，所以他不是对衣着没有品味，是没有兴趣。几年前汪晖告诉我，詹姆逊在欧洲获得一个大奖，汪晖受邀去参加颁奖仪式，詹姆逊按照要求穿着燕尾服领奖。汪晖说到詹姆逊穿上燕尾服的情景时，我们两个大笑起来，汪晖是亲眼见到詹姆逊的滑稽样子，我是想象到詹姆逊的滑稽样子。不是詹姆逊不能穿燕尾服，他压根就不是穿燕尾服的人。

　　那天的午餐很愉快，中间刘康问他的新车怎么样，詹姆逊开心地夸奖起他的红色大众，让我们感觉他开的是一辆全世界性能最好的车。那辆车是手排挡的，当时美国的新车都是自动挡，很难找到手排挡，不知道詹姆逊是怎么找到的。

午餐后，詹姆逊邀请我们去他家里坐坐，刘康坐进他的红色小车，我和陈虹坐在乐钢的车里，一前一后驶上乡间小道，来到他的乡下住宅，一幢普通的小楼，在美国的乡下到处可以见到的那种房子。詹姆逊带我和陈虹参观他的房子，刘康和乐钢来过这里，他们两个负责翻译工作。

我们走进客厅，看到的是毛泽东画像，进到书房看到的是马克思画像，贴在墙上的马克思画像看上去陈旧有些破损，詹姆逊说这是他年轻时在巴黎买的。他的书房不大，桌子上有一台老式打字机，那时候他没有使用电脑写作，地上沿墙放着一排用坏了的老式打字机。他的书房里只有几本书，应该是他正在读的书。他的藏书都在客厅和过道里，只要有墙的地方都是书架和层层叠叠的书，在他家里走动时感觉是在书籍的丛林里穿梭。

然后我们来到屋后的园子，有一个墓碑，我问詹姆逊躺在墓碑下面的是谁，詹姆逊说不认识，他买下这幢房子时已经有这个坟墓了。他站在墓碑旁边，夸奖起他的房子，他说很幸运能够买到这房子，这里很安静，离学校也不太远。他夸奖自己旧房子的神情和夸奖自己的红色大众一样，都是心满意足的神情。这个在思想上永不止步的人，在生活上常常止步不前。这是他对生活没有什么要求，吃饱穿暖就行。

夸奖完自己的旧房子，詹姆逊带我们参观他家里养的几只羊和一群鸡，羊和鸡都是奇形怪状，朋克羊和朋克鸡。他们自己挤羊奶喝，吃自己家的鸡蛋。他们养的鸡太多，鸡蛋自然也太多，就去送给同事和朋友，同事和朋友也吃不完，詹姆逊的妻子苏珊，也是杜克大学文学系的教授，就把鸡蛋拿到集市上去卖，因为没有执照，被逮着罚了款。苏珊的这个行为，在我小时候叫投机倒把。

参观结束后，我们跟着他走进厨房，他给我们煮咖啡，把咖啡先后倒进五只形状颜色都不同的杯子里，四只递给我们，自己手里拿着一只。这五只杯子感觉是从战场下来的残兵，不是有缺口，就是有裂痕，我手里拿着的是把手摔断的杯子。

我们喝着咖啡，詹姆逊说到多年前，他的弟子张旭东还在杜克大学读博的时候，他和苏珊去欧洲讲学，请旭东一家过来住，帮他们照看房子。当时旭东的儿子张夕还小，杜克大学在乡下，詹姆逊的房子是在乡下的乡下，张夕经常问他父亲：

"那个老农民什么时候回来？"

二〇二四年十月五日

第3课

纪念辩证法大师詹姆逊

文本、历史、乌托邦这三个主题是詹姆逊文学理论的三个关键词。我今天谈第一个关键词——文本。我要谈的文本是詹姆逊的一篇文章——《卡夫卡的辩证法》，收在他的《论现代主义文学》一书中。为什么讲这篇文章呢？首先是这篇文章的题目吸引了我，其次他是从"叙述程序"的角度来谈论卡夫卡的叙述辩证法的。詹姆逊在文章里专门说明了"叙述程序"和"叙述方法"的不同。方法只有一种可能性，是接在逻辑关系下面的可能性，"叙述方法"是在读者可以预测到的叙述中产生。詹姆逊在这篇文章里面写道："卡夫卡让一个既定情景面临一整套的可能性，而不是像其他绝大多数叙事中，只是满足于让一种可能性紧接另一种可能性——其复杂程度超过了任何其他作家。"这是他对卡夫卡的论述，认为卡夫卡用的"叙述程序"让逻辑上的可能性变成了无穷无尽的序列。

我今天要谈的就是他讲的这个"叙述程序"。詹姆逊在文中还提到了两本十八世纪的英国小说，它们的情节都是可预测的，而在卡夫卡这里，情节是无法被预测到的。所以他又专门提到了另一种小说,即其他作家用"叙述方法"写出来的小说,而不是用"叙述程序"写出来的小说,这类小说里面有一种"饱和原则"。"饱和原则"是詹姆逊在他的另外一篇关于托马斯·曼的文章《〈魔山〉中的形式建构》里提出来的。他在那篇文章的开始提到历险小说,认为历险小说遵循的是"饱和原则"。那么什么是"饱和原则"?他认为"饱和原则"就是指要尽可能地把叙述中的时间和空间填满。怎么填满?就是让主人公在叙述中疲于奔命,不能让他休息,你要是让他休息一下,紧绷的叙述就松懈了,读者就把这本书放下不读了。所以历险小说遵循的就是主人公昼夜不息的"饱和原则",小说里的主人公历经艰险、披荆斩棘,最后赢得胜利,从而满足读者。

詹姆逊在《卡夫卡的辩证法》这篇文章里面再次提到"饱和原则",詹姆逊在解释"饱和原则"的时候,是从叙述之内和叙述之外这两个方面来讲的。这是詹姆逊的辩证法,他在分析叙述的时候用的都是辩证法的方式。他在提到"饱和原则"时说:"对读者而言,其乐趣并不在困难本身的重现,而在于对人类时间的乌托邦式的理解。"在这里,詹姆逊的另一个关键词汇——"乌托邦"出来了。这是一个怎样的"乌托邦"?"乏味无聊和日常习惯的死寂区域被奇迹般地赶出人类时间。"就是在那一刻,是你在读那些按照詹姆逊所说的"饱和原则"叙述的一些历险小说、惊悚小说或者侦探小说的时刻,乏味无聊被驱赶出了你的日常时间,前提是小说的主人公必须疲于奔命。但是反过来呢,作为读者的你是打着哈欠、伸展四肢在读小说。詹姆逊在讨论一个文本的时候,既关注文本之内,又关注文本之外,他会把读者阅读的反应、阅读产生的各种可能性和文本在叙述中产生的各种可能性都纳入分析的范围,所以他是一个辩证法大师,这是我对他的理解。

詹姆逊在文中专门举了一个很好的例子用以阐明卡夫卡的辩证法,也就是其"叙述程序"的辩证法。在对比卡夫卡和普鲁斯特的写法的时候,他谈到了罗兰·巴特很喜欢的普鲁斯特作品中的一个段落。在这个段落中,一个开电梯的男孩对叙述者礼貌的问话保持了令人难解的沉默,普鲁斯特的原文如下:"但他没有回答我,不知是诧异于我的问话,或是专注于工作,还是顾虑到礼节,抑或是听力不明、场合所限、担忧安全、反应迟钝,还是上头有禁令。"詹姆逊认为,"在普鲁斯特笔下,此处可能的动机反复被替代,使得单个行为或举动(或非行为和非举动)也多次被转换","而在卡夫卡的作品中,动机始终是保持不变(自我保护),然而其举动和行为的可能性在逻辑上呈现出多样化的倾向,一种行为总是试验性地对另一种行为构成替换关系"。在这里,詹姆逊更深入地提到了卡夫卡的辩证法,即卡夫卡人物的动机不变,但是其行为却不断在变。在普鲁斯特写的电梯里的对话中,当一个人问开电梯的男孩问题的时候,男孩始终不回答,结果叙述者自己不断想象，等于是叙述者不断地用一个动机去替代另一个动机来揣测对方。但是，在卡夫卡的作品里边，动机始终不变。因为我是小说家，我能够理解这一点，改变动机是很容易的，但是在动机不变的前提下展开的各种可能性叙述才是更有价值的。这是詹姆逊对卡夫卡的叙事辩证法的另一层理解。

他对卡夫卡的叙事辩证法还有一层理解是弗洛伊德意义上的"逆转"，因为叙述的辩证法之中包含了逆转的可能性。卡夫卡的作品确实是这样的，你会发现在卡夫卡的小说中人物会突然出现向另一个方向发展的可能性，而不是之前我们准备要去的方向的可能性。但是这种"逆转"并非随意的，是有其逻辑性和说服力的。这种"逆转"有迹可循，但又出乎意料，呈现出另一种可能性。

此外，詹姆逊还把柯勒律治的想象（指称文本的最初想法）和设想（指称创造各种后果的艰辛而耐心的劳作过程）的区分也放到了卡夫卡的"叙述程序"里边。为什么呢？因为在他看来，在卡夫卡那里，"'设想'现在只能在'想象'允许的范围内从事卑微的工作"。卡夫卡小说的双重性，即想象和设想的对立，现在变成了自我与意识的对立。想象和设想是柯勒律治提出的一组概念，我们知道柯勒律治是抽鸦片的，他是个鸦片鬼。他的浪漫主义是怎么起源的呢？他要是不抽鸦片，他可能就不是浪漫主义了。可以这样理解，当他抽鸦片的时候，就是在想象；当他没鸦片可抽了，那就是设想。这两者在卡夫卡的小说中都是存在的。这是詹姆逊对卡夫卡的辩证法的又一层理解。

詹姆逊在《卡夫卡的辩证法》一文中还写道:"阅读卡夫卡的作品,会使我们陷入一种几乎无穷无尽的选择之中。我们在正面和反面之间来回奔波、摇摆不定,而正反两面的任何一方,都可以继续展开,导致难以穷尽的多种结果,由此循环往复,以至无穷。这一无穷的过程随时可以终止。这就是为什么卡夫卡的多个文本虽然没有'完成',但丝毫不会影响一般读者的阅读的原因。"詹姆逊继续说:"我们可以这样设定,除了几个不同寻常的例外,卡夫卡的叙事很少讲述获得某种确定结局的故事,这几个例外包括格里高尔之死和对约瑟夫·凯的处决。我们甚至可以进一步认为,这些表面上看起来的例外在一定程度上而言,也不是例外,因为它们敷衍塞责式的结尾可以无限拖延和推后,只需给全书增加一些额外的页码,在其中塞入更多的选择即可,反正不可穷尽的选择正是卡夫卡作品的特点。"

显然,詹姆逊发现了《变形记》里格里高尔死后的叙述处理有些草率。格里高尔之死后面是什么?我们大家都看过《变形记》,对格里高尔变成一只大甲虫印象很深。卡夫卡的叙述是如此地细致,几乎每一种可能性都没有放过,他把每一个可能性都描述出来了,但是有一个很重要的可能性,他恰恰放弃了,那就是格里高尔变成的巨大甲虫死了以后,这具尸体怎处理？卡夫卡轻描淡写地让佣人去对格里高尔如释重负的父亲、母亲和妹妹说："我把尸体处理掉了。"就这么一句话把叙述中一个非常重要的可能性打发走了，这不像是卡夫卡写作《变形记》时的叙述程序，他把所有可能性都细致入微地描写了，独独放过格里高尔甲虫尸体如何处理的可能性。这就是刚才我引述詹姆逊所说的，卡夫卡在《审判》和《变形记》的结尾都有敷衍了事的地方。因为时间关系，今天不谈《审判》的结尾，只谈《变形记》的结尾。卡夫卡的这个敷衍塞责行为，一下子让詹姆逊觉察到了。如果我们设想卡夫卡再耐心一点，身体再好一点，吃得再好一点，或者别人送他一瓶好酒，他心情一好，可能就会以一种不放过所有可能性的方式去写佣人和家人如何把巨大甲虫的尸体从家里运出去。他要是再这么写下去的话，《变形记》就会更为完整。但是，如果卡夫卡是那样写的话，詹姆逊可能会感到失望，因为他这个观点不成立了。他说"不可穷尽的选择正是卡夫卡作品的特点"。

　　我是在三亚重读詹姆逊的《论现代主义文学》，詹姆逊写得精彩极了，我觉得这本书跟他的老师奥尔巴赫的《摹仿论》一样精彩。一般来说，当一个人的理性思维非常强大以后，他的感性思维是会受到压制的。但是像詹姆逊、本雅明、奥尔巴赫这样的学者，他们的感性和理性力量同样强大。我小时候有句流行的话，不是东风压倒西风，就是西风压倒东风，詹姆逊、本雅明、奥尔巴赫都能够把东风和西风合成为一股龙卷风,把残片碎叶全部给卷走,留下他们的思想和分析,袒露在那里展示给我们看,一目了然,从不故弄玄虚。在读詹姆逊的书时,你读不到任何故弄玄虚的地方,他充满质感的写作促发你去深入思考。可能是他爱看电影爱读小说的原因,他读过的小说比谁都多,他在分析托马斯·曼和卡夫卡他们的叙述时,我有时感觉他像是一个小说家,甚至比很多小说家更内行。

詹姆逊认为卡夫卡的多数小说都有一个充满希望和乐观情绪的结局,这是一个很有意思的观点,很多人都说卡夫卡是一个悲观主义者。其实未必,卡夫卡生活上过得不错,写作上我行我素,生前默默无闻让他避开了批评家的指手画脚,虽然他在日记里说:"写作是我唯一能够忍受的事情。不是因为我享受它,而是因为借此我能够抵挡住我的恐惧。"这句话可以理解成卡夫卡的写作是在逃避,生活对于他来说似乎就是精神挣扎,也可以理解成他是在叙述疗法里写作,用现在流行的话这叫治愈的写作,所以在他的文本里,不要因为看到一个命运绝望的饥饿艺术家,就把它看成一个绝望的文本,因为任何消极的事物里都包含了积极的因素,反过来也一样。詹姆逊看到了卡夫卡用黑豹取代了饥饿艺术家,因此看到了文本里的希望和生机。饥饿艺术家表演的黄金时代过去后,他去了一个大的表演场,但只是被放在一个观众会路过的地方,他一直待在笼子里,好多路过的人都是去大的斗兽场那边看表演,只是从他的笼子旁边路过,很多人涌过来的时候他充满期待,结果人们哗哗地走过去了,没有人关注他,他落寞了,他所住的笼子也被人遗忘了。后来是管理员注意到了这个笼子,疑惑这么好的空笼子为什么搁在那儿不用,然后才发现里边有个人,躺在草堆里边,管理员才意识到这个早被遗忘的人还在表演饥饿艺术。饥饿艺术家最后艰难地爬起来,他生命已经走到终结,他死之前对那个发现他的管理员说出了会成为饥饿艺术家的原因:"因为我找不到合我胃口的食物。要是我能找到它,相信我,我才不会抛头露面,惹人注目,我会饱食终日,像你和众人一样。"管理员把他的尸体跟那些腐烂的稻草给清理走了,之后笼子里关进了一只生机勃勃的小黑豹。笼子意味着什么?是不是马克斯·韦伯所说的"现代的铁笼"?饥饿艺术家的"铁笼"与黑豹的"铁笼"应该不一样,虽然两者都是一种资源,都是为了提升自己竞争力的某种商品,都是在被禁锢的同时也得到了庇护,然而区别在于前者的笼子岁月已经结束,后者刚刚开始。所以,当人们普遍认为《饥饿艺术家》是一个悲观的作品,詹姆逊指出了这篇小说的结尾充满希望和乐观情绪,因为他认为"黑豹用纯粹的生命活力取代了饥饿艺术家的孱弱、内疚与失败"。詹姆逊在对文本进行分析的时候,随处可见地体现他的辩证法。他的辩证法不仅仅是思想的辩证法,而是能够进入到文本中,进入到一部文学作品叙述的细微之中,同时又从文本中走出来,站到另外一个角度,阅读的角度,再去审视叙述中的文本。

詹姆逊在《卡夫卡的辩证法》一文的结尾处提到了约瑟芬，认为："她的消失无疑是集体性的独特而自戕的胜利。对立双方的辩证关系赋予这种集体性以独奏乐曲的效果，只不过这乐曲与沉寂相差无几。"虽然詹姆逊去世了，他写下的不会是与沉寂相差无几的独奏乐曲，《论现代主义文学》这本书将会成为永恒的合唱，一代又一代人会唱下去。

二〇二四年十二月十四日

第4课

卡夫卡的"诸位请原谅"

卡夫卡《变形记》里，格里高尔·萨姆沙从不安的睡梦中醒来，发现自己变成了一只巨大的甲虫，皮肤已经不是人的皮肤，背部像铁甲一样坚硬，穹顶般高高鼓起的肚子上是好多块弧形硬片。腿也不是人的腿，许多条细得可怜的腿在他眼前无可奈何地舞动。他长期以来的睡觉习惯是向右侧，他试图将此刻的仰卧改成向右边侧卧，他试了差不多一百次也没有成功，只是一堆细腿在徒劳地拼命挣扎。

格里高尔·萨姆沙在身体上不能驾驭自己以后，随之出现的焦虑同样不能驾驭自己，他的焦虑不是去思索自己怎么会变成甲虫的，而是上班迟到的问题。

> 闹钟在柜子上嘀嗒作响，他一眼望去，暗叫一声："我的老天爷！"已经六点半了，而指针仍然平静地往前走，甚至已经超过六点半，将近六点四十五了。难道闹钟没响吗？从床上能看见闹钟的确是拨在四点，想必已经响过。是啊，可是，在这种足以震动

家具的铃声下居然会安稳地睡过头吗？嗯，其实他睡得并不安稳，但说不定因此睡得更沉。现在他该怎么办？下一班火车七点钟开，要搭上这班车，他得拼命赶才行。样品还没装好呢，他自己也谈不上精神抖擞。再说就算赶上这班车，老板免不了还是会大发雷霆，因为店里的工友等着他搭五点那班火车，一定早就把他没赶上车的事呈报上去了。

这位旅行推销员长年累月在外奔波，他是这个家庭的支柱，不多的收入支撑整个家庭的开销。变成甲虫之前，他已经习惯自己不能驾驭自己的状态，变成甲虫之后，这样的状态更为突出，事实上他从未有过自己驾驭自己的时刻，所以，"闹钟在柜子上嘀嗒作响，他一眼望去，暗叫一声：'我的老天爷！'"

今年[1]六月三日，是卡夫卡去世一百周年。在此之前，我们这里已有不少纪念文章和活动。五月十日到十六日，我去了意大利的都灵和米兰，在街上行走时，随便看一眼报刊亭，就会看到卡夫卡的头像。我相信这个时间全世界都在纪念卡夫卡，卡夫卡的伟大是划时代的伟大，无须我在此赘述。

只要说说格里高尔·萨姆沙醒来后，首先到来的念头不是去想自己怎么会变成一只巨大可怕的甲虫，去想怎么才能变回

---

[1] 指本文的写作年份二〇二四年。——编者注

人，而是想到错过了早晨五点的火车，他得抓紧时间拼命赶，才有希望搭乘下一班七点的火车。他变成甲虫的身体，经过一百次的努力，仰卧的他也无法翻过去侧卧，就是这样，他还在想着赶火车，想着同事会打小报告，想着老板可能解雇他。只凭这个细节的描写，世界各地一代代朝九晚五的上班族个个感同身受。

因为我们永远做不到自己驾驭自己。《饥饿艺术家》里的饥饿表演者也是如此，我在八十年代第一次读到时的题目是《绝食艺人》。

饥饿艺术家辉煌的时候，一次饥饿表演的期限是四十天，这是经理规定的，根据经验，每个地方，即使是最大的城市，人们对饥饿表演的兴趣只有四十天，之后就疲倦了。"现在刚满四十天，为什么就要停止表演呢？他本来还可以长久，无限长久地坚持下去的；为什么现在要停止表演，现在他正达到最佳状态，甚至连最佳状态还没有达到呢。"可是笼子门上插满鲜花，军乐队奏响乐曲，观众热情期待，两位年轻女士走进笼子来搀扶他，他只好虚弱地走出笼子。人们不让他继续表演，他无法成为"空前伟大的饥饿表演者"，他觉得自己"忍受饥饿的能力没有止境"，不能理解"人们为什么要剥夺他的这种荣誉"。

四十天的饥饿表演期间，由观众推选出来看守人员，有趣的是，一般都是肉铺师傅，他们三个人一班，日夜看守他，防止他偷偷进食。有的看守人员低估了他的艺术荣誉感,"故意聚在一个远处的角落里并在那里专心打牌",他们觉得他会偷偷进食,这对饥饿表演者是羞辱,让他十分痛苦。饥饿表演者喜欢的是戏弄他的值班人员,"他们紧挨着笼子坐下来,嫌厅里的夜间照明昏暗,还用经理发给他们的手电筒照射他……他很乐意和这样的看守在一起度过不眠之夜。"

时代变迁,饥饿表演者被抛弃了。观众涌向其他娱乐演出场所,他的落寞时候开始了。他告别经理,这位人生道路上的同志,去了一个大马戏团。里面有许多人、动物、器械,他只是一个边缘表演者,"没有把他及其笼子作为精彩节目摆放在表演场地的中央,而是安置在场外兽场附近一个人们过往频繁的地方"。这是一个人们在演出休息时间去兽场看兽畜时经过的地方,"他曾欣喜地盼望着这蜂拥而来的人群",可是观众都是从笼子跟前跑过去看兽畜,而不是停下来看他。

饥饿表演者终于可以不受四十天的限制,他被人遗忘了。没有人去更换记载表演天数的布告牌,记数的人对这简单的工作感到厌烦,因此没再去记数。"就这样,饥饿表演者虽然一如从前梦想过的那样继续表演下去,而且像他当年预言过的那样,他表演起来毫不费劲,但是没有人记天数,连饥饿表演者自己也不知道,他的成绩已经有多大。"

这副骨头架子被人发现是因为笼子,一个看管人问勤杂工,为什么这只好端端的笼子弃之不用。然后有人看到记天数的牌子才想起饥饿表演者,"人们用竿儿挑起腐草,发现饥饿表演者在里面",他的表演还在继续。看管人问他:"你到底什么时候才停止?"饥饿表演者奄奄一息地说:"诸位请原谅。"接下去细声细气说出人生最后的几句话,然后"人们把饥饿表演者连同烂草一起给埋了"。

饥饿表演者辉煌时期有一个秘密:"忍受饥饿是多么容易,这是连行家也不会知道的。"这个秘密只有他知道,他没有说出来。他在落寞时期也有一个秘密,他说出来了,临终之际他亲吻似的撮尖嘴唇对着看管人耳朵说:"我找不到合我口味的食物。"说完这些话,"他那瞳孔已扩散的眼睛里流露出这坚定的、即使不再是骄傲的信念:他在继续表演饥饿"。

这位饥饿表演者的艺术生涯经历了辉煌到落寞,无论是辉煌时期,还是落寞时期,他都是无法自己驾驭自己。

二〇二四年六月二十二日

第5课

西·伦茨的《德语课》

一九九八年夏天的时候,我与阿尔巴尼亚作家卡塔雷尔在意大利的都灵相遇,我们坐在都灵的剧场餐厅里通过翻译聊着,不通过翻译吃着喝着。这时的卡塔雷尔已经侨居法国,应该是阿尔巴尼亚裔法国作家了。九十年代初,作家出版社出版过他的一部小说《亡军的将领》,我碰巧读过这部小说。他可能是阿尔巴尼亚当今最重要的作家,像其他流亡西方的东欧作家那样,他曾经不能回到自己的祖国。我们见面的时候已经没有这个问题了,只要他愿意,任何时候都可以回去了。不过他告诉我,他回去的次数并不多。原因是他每次回到阿尔巴尼亚都觉得很累,他说只要他一回去,他在地拉那的家就会像个酒吧一样热闹,认识和不认识的人都会去访问他,最少的时候也会有二十多人。

因为中国和阿尔巴尼亚曾经有过"海内存知己,天涯若比邻"的友谊,我与卡塔雷尔聊天时都显得很兴奋,我提到了霍查和谢胡,他提到了毛泽东和周恩来,这四位当年的国家领导人的名字在我们的发音里频繁出现。卡塔雷尔在"文革"时访问过中国,他在说到毛泽东和周恩来时,是极其准确的中文发音。我们就像是两个追星族在议论四个摇滚巨星的名字一样兴高采烈。当时一位意大利的文学批评家总想插进来和我们一起聊天,可是他没有我们的经历,他就进入不了我们的谈话。他一会儿批评我们中国法律制度里的死刑,想我把拉过去,我没理他;他一会儿又提到了科索沃的问题,他激动地指责塞族人是如何迫害阿族人,他以为身为阿族的卡塔雷尔一定会跟着他激动,可是卡塔雷尔正和我一起在回忆里激动,我们都顾不上他。

后来我们谈到了文学,我们说到了德国作家西格弗里德·伦茨,不知道是什么原因说起的,可能是我们共同喜爱伦茨的小说《德语课》。这部可以被解释为反法西斯的小说,也就可以在当时的社会主义国家出版。

卡塔雷尔说了一个他的《德语课》的故事。前面提到的《亡军的将领》,这是卡塔雷尔的重要作品。他告诉我,他在写完这部书的时候,无法在阿尔巴尼亚出版,他想让这本书偷渡到西方去出版。他的方法十分美妙,就是将书藏在书里偷渡出去。他委托朋友在印刷厂首先排版印刷出来,发行量当然只有一册,然后他将《德语课》的封面小心撕下来,再粘贴上去,成为《亡军的将领》的封面。就这样,德国人伦茨帮助了阿尔巴尼亚人卡塔雷尔,这部挂羊头卖狗肉的书顺利地混过了海关的检查,去了法国和其他更多的国家,后来也来到了中国。

我说了一个我的《德语课》的故事。我第一次读到伦茨的小说是《面包与运动》，第二次就是这部《德语课》。那时候我在鲁迅文学院，我记得当时这部书震撼了我，在一个孩子天真的叙述里，我的阅读却在经历着惊心动魄。这是一本读过以后不愿意失去它的小说，我一直没有将它归还给学校图书馆。这书是八十年代翻译成中文出版的，当时的出版业还处于计划经济时代，绝大多数的书都是只有一版，买到就买到了，买不到就永远没有了。我知道如果我将《德语课》归还的话，我可能会永远失去它。我一直将它留在身边，直到毕业时必须将所借图书归还，否则就按书价的三倍罚款。我当然选择了罚款，我说书丢了。我将它带回了浙江，后来我定居北京时，又把它带回到了北京。

然后在一九九八年，一个中国人和一个阿尔巴尼亚人，在一个名叫意大利的国家里，各自讲述了和一个德国人有关的故事。这时候我觉得文学真是无限美好，它在通过阅读被人们所铭记的时候，也在通过其他更多的方式被人们所铭记。

二〇〇四年十月二日

第6课

威廉·福克纳

我手里有两册《喧哗与骚动》，一册是一九八四年出版，定价1.55元，印数87 500册；另一册是一九九五年出版的，定价18.4元，印数10 000册。这十一年里，我们经历了很多变化，就像《喧哗与骚动》的定价和印数一样，很多事物都已经面目全非。当然也有不变的，比如这两册《喧哗与骚动》都是上海译文出版社出版，都是同一位出色的学者和翻译家李文俊的译文。这没有变化的事实似乎暗示了我们，一个过去的时代其实并没有过去，它和我们的今天重叠起来了，它的存在并不是为了让我们这些拥有着过去的人在回忆往事时增加一些甜蜜，或者勾起一些心酸，而是继续影响我们，就像它在过去岁月里所做的那样，影响着我们的理解和判断。也是同样的道理，威廉·福克纳是永存的。

　　这是一位奇妙的作家，他是为数不多的能够教会别人写作的作家，他的叙述里充满了技巧，同时又隐藏不见，尤其是他的一些中短篇小说，外表马虎，似乎叙述者对自己的工作随心所欲，就像他叼着烟斗的著名照片，一脸的满不在乎。然而在骨子里，却是一位威廉·福克纳，他在给兰登书屋的罗伯特·哈斯的信中这样写道："……需要精心地写，得反复修改才能写好……"这就是威廉·福克纳，他精心地写作，反复修改地写作，而他写出来的作品却像是从来就没有过修改，仿佛他一气呵成地写完了十八部长篇小说，还有一堆中短篇小说，接下去他就游手好闲地在奥克斯福，或者在孟菲斯走来走去，而且还经常打着赤脚。

就像我们见过的那些手艺高超的木工，他们干活时的神态都是一样的漫不经心，他们从不把自己的认真显示出来，只有那些学徒才会将自己的兢兢业业流露在冒汗的额头和紧张的手上。威廉·福克纳就是这样，叙述上的训练有素已经不再是写作的技巧，而是出神入化地成了他的血管、肌肉和目光，他的感受、想象和激情，他有足够的警觉和智慧来维持着叙述上的秩序，他是一个从来没有在叙述时犯下低级错误的作家，他不会被那些突然来到的漂亮句式，还有艳丽的词语所迷惑，他用不着眨眼睛就会明白这些句式和词语都是披着羊皮的狼，它们的来到只会使他的叙述变得似是而非和滑稽可笑。他深知自己正在进行中的叙述需要什么，需要的是准确和力量，就像战斗中子弹要去的地方是心脏，而不是插在帽子上摇晃的羽毛饰物。

这就是威廉·福克纳的作品，像生活一样质朴，如同山上的石头和水边的草坡，还有尘土飞扬的道路和密西西比河泛滥的洪水，傍晚的餐桌和酒贩子的威士忌……他的作品如同张开着还在流汗的毛孔，或者像是沾着烟丝的嘴唇，他的作品里什么都有，美好的和丑陋的，以及既不美好也不丑陋的，就是没有香水，没有那些多余的化妆和打扮，就像他打着赤脚游手好闲的样子，就像他的《我弥留之际》里那一段精彩的结尾——"'这是卡什、朱厄尔、瓦达曼，还有杜威·德尔。'爹说，一副小人得志、趾高气扬的样子，假牙什么的一应俱全，虽说他还不敢正眼看我们。'来见过本德仑太太吧。'他说。"——他就是这样一位作家，写下的精彩篇章让我们着迷，让我们感叹，同时也让我们发现这些精彩的篇章并不比生活高明，因为它们就是生活。他是这个世界上为数不多的始终和生活平起平坐的作家，也是为数不多的能够证明文学不可能高于生活的作家。

一九九七年八月十五日

第7课

胡安·鲁尔福

加西亚·马尔克斯在他那篇令人感动的文章《回忆胡安·鲁尔福》里这样写道:"对于胡安·鲁尔福作品的深入了解,终于使我找到了为继续写我的书而需要寻找的道路……他的作品不过三百页,但是它几乎和我们所知道的索福克勒斯的作品一样浩瀚,我相信也会一样经久不衰。"

这段话至少说明了两个问题,首先是一位作家对于另一位作家意味着什么?显然,这是文学里最为奇妙的经历之一。一九六一年七月二日,加西亚·马尔克斯提醒我们,这是欧内斯特·海明威开枪自毙的那一天,而他自己漂泊的生涯仍在继续着,这一天他来到了墨西哥,来到了胡安·鲁尔福所居住的城市。在此之前,他在巴黎苦苦熬过了三个年头,又在纽约游荡了八个月,然后他的生命把他带入了三十二岁,妻子梅塞德斯陪伴着他,孩子还小,他在墨西哥找到了工作。加西亚·马尔克斯认为自己十分了解拉丁美洲的文学,自然也十分了解墨西哥的文学,可是他不知道胡安·鲁尔福;他在墨西哥的同事和朋友都非常熟悉胡安·鲁尔福的作品,可是没有人告诉他。

当时的加西亚·马尔克斯已经出版了《枯枝败叶》，而另外的三本书《没有人给他写信的上校》《恶时辰》《格兰德大妈的葬礼》也快要出版，他的天才已经初露端倪，可是只有作者知道自己正在经历着什么，他正在经历着倒霉的时光，因为他的写作进入了死胡同，他找不到可以钻出去的裂缝。就在这个时候，他的朋友阿尔瓦罗·穆蒂斯提着一捆书来到了，并且从里面抽出了最薄的那一本递给他——《佩德罗·巴拉莫》，在那个不眠之夜，加西亚·马尔克斯和胡安·鲁尔福相遇了。

这可能是文学里最为动人的相遇了。当然，还有让-保罗·萨特在巴黎的公园的椅子上读到了卡夫卡；博尔赫斯读到了奥斯卡·王尔德；阿尔贝·加缪读到了威廉·福克纳；波德莱尔读到了爱伦·坡；尤金·奥尼尔读到了斯特林堡；毛姆读到了陀思妥耶夫斯基……卡夫卡名字的古怪拼写曾经使让-保罗·萨特发出一阵讥笑，可是当他读完卡夫卡的作品以后，他就只能去讥笑自己了。

文学就是这样获得了继承。一个法国人和一个奥地利人，或者是一个英国人和一个俄国人，尽管他们生活在不同的时间和不同的空间，使用不同的语言和喜爱不同的服装，爱上了不同的女人和不同的男人，而且属于各自不同的命运。这些理由的存在，让他们即使有机会坐到了一起，也会视而不见。可是有一个理由，只有一个理由可以使他们跨越时间和空间，跨越死亡和偏见，在对方的脸上看到了自己的形象，在对方的胸口听到了自己的心跳，有时候，文学可以使两个绝然不同的人成为一个人。因此，当一个哥伦比亚人和一个墨西哥人突然相遇时，就是上帝也无法阻拦他们了。加西亚·马尔克斯找到了可以钻出死胡同的裂缝，《佩德罗·巴拉莫》成了一道亮光，可能是十分微弱的亮光，然而使一个人绝处逢生已经绰绰有余。

一个作家的写作影响了另一个作家的写作，这已经成为文学中写作的继续，让古已有之的情感和源远流长的思想得到继续，这里不存在谁在获利的问题，也不存在谁被覆盖的问题，文学中的影响就像植物沐浴着的阳光一样，植物需要阳光的照耀并不是希望自己能够成为阳光，而是始终要以植物的方式去茁壮成长。另一方面，植物的成长也表明了阳光不可或缺的重要性。一个作家的写作也同样如此，其他作家的影响恰恰是为了使自己不断地去发现自己，使自己写作的独立性更加完整，同时也使文学得到了延伸，使人们的阅读有机会了解了今天作家的写作，同时也会更多地去了解过去作家的写作。文学就像是道路一样，两端都是方向，人们的阅读之旅在经过胡安·鲁尔福之后，来到了加西亚·马尔克斯的车站；反过来，经过了加西亚·马尔克斯，同样也能抵达胡安·鲁尔福。两个各自独立的作家就像他们各自独立的地区，某一条精神之路使他们有了联结，他们已经相得益彰了。

在《回忆胡安·鲁尔福》里，加西亚·马尔克斯指出了这位作家的作品不过三百页，可是他像索福克勒斯的作品一样浩瀚。马尔克斯不惜越过莎士比亚，寻找一个数量更为惊人的作家来完成自己的比喻。在这里，加西亚·马尔克斯指出了一个文学中存在已久的事实，那就是作品的浩瀚和作品的数量不是一回事。

就像E. M. 福斯特这样指出了T. S. 艾略特；威廉·福克纳指出了舍伍德·安德森；艾萨克·辛格指出了布鲁诺·舒尔茨；厄普代克指出了博尔赫斯……人们议论纷纷，在那些数量极其有限的作家的作品中如何获得了广阔无边的阅读。柯勒律治认为存在着四类阅读的方式：第一类是"海绵"式的阅读，轻而易举地将读到的吸入体内，同样也可以轻而易举地排出；第二类是"沙漏计时器"，他们一本接一本地阅读只是为了在计时器里漏一遍；第三类是"过滤器"类，广泛地阅读只是为了在记忆里留下一鳞半爪；第四类才是柯勒律治希望看到的阅读，他们的阅读不仅是为了自己获益，而且也为了别人有可能来运用他们的知识，然而这样的读者在柯勒律治眼中是"犹如绚丽的钻石一般既贵重又稀有的人"。显然，加西亚·马尔克斯是一颗柯勒律治理想中的"绚丽的钻石"。

柯勒律治把难题留给了阅读，然后他指责了多数人对待词语的轻率态度，他的指责使他显得模棱两可，一方面表达了他对流行的阅读方式的不满，另一方面他也没有放过那些不负责任的写作。其实根源就在这里，正是那些轻率地对待词语的写作者，而且这样的恶习在每一个时代都是蔚然成风，当胡安·鲁尔福以自己杰出的写作从而获得永生时，另一类作家伤害文学的写作，也就是写作的恶习也同样可以超越死亡而世代相传。这就是加西亚·马尔克斯为什么要区分作品的浩瀚和作品的数量的理由，也是柯勒律治寻找第四类阅读的热情所在。

加西亚·马尔克斯在文章里继续写道："当有人对卡洛斯·维洛说我能够整段整段地背诵《佩德罗·巴拉莫》时，我依然沉醉在胡安·鲁尔福的作品中。其实，情况还远不止于此；我能够背诵全书，且能倒背，不出大错。并且我还能说出每个故事在我读的那本书的哪一页上，没有一个人物的任何特点我不熟悉。"

还有什么样的阅读能够像马尔克斯这样持久、赤诚、深入和广泛？就是对待自己的作品，马尔克斯也很难做到不出大错地倒背。在柯勒律治欲言又止之处，加西亚·马尔克斯更为现实地指出了阅读存在着无边无际的广泛性。对马尔克斯而言，完整的或者片断的，最终又是不断地对《佩德罗·巴拉莫》的阅读过程，在某种意义上已经是一次次写作的过程，"没有一个人物的任何特点我不熟悉"，加西亚·马尔克斯的阅读成为另一支笔，不断复写着，也不断续写着《佩德罗·巴拉莫》。不过他没有写在纸上，而是写进了自己的思想和情感之河。然后他换了一支笔，以完全独立的方式写下了《百年孤独》，这一次他写在了纸上。

事实上，胡安·鲁尔福在《佩德罗·巴拉莫》和《烈火中的平原》的写作中，已经显示了写作永不结束的事实，这似乎是一切优秀作品中存在的事实。就像贝瑞逊赞扬海明威《老人与海》"无处不洋溢着象征"一样，胡安·鲁尔福的《佩德罗·巴拉莫》也具有了同样的品质。作品完成之后写作的未完成，这几乎成为《佩德罗·巴拉莫》最重要的品质。在这部只有一百多页的作品里，似乎在每一个小节的后面都可以将叙述继续下去，使它成为一部一千页的书，成为一部无尽的书。可是谁也无法继续《佩德罗·巴拉莫》的叙述，就是胡安·鲁尔福自己也同样无法继续。虽然这是一部永远有待于完成的书，可它又是一部永远不能完成的书。不过，它始终是一部敞开的书。

　　胡安·鲁尔福没有边界的写作，也取消了加西亚·马尔克斯阅读的边界。这就是马尔克斯为什么可以将《佩德罗·巴拉莫》背诵下来，就像胡安·鲁尔福的写作没有完成一样，马尔克斯的阅读在每一次结束之后也同样没有完成，如同他自己的写作。现在，我们可以理解马尔克斯为什么在胡安·鲁尔福的作品里读到了索福克勒斯般的浩瀚，是因为他在一部薄薄的书中获得了无边无际的阅读。同时也可以理解马尔克斯的另一个感受：与那些受到人们广泛谈论的经典作家不一样，胡安·鲁尔福的命运是——受到了人们广泛的阅读。

一九九八年十二月六日

第8课

埃米尔·库斯图里卡，没有边境的写作

埃米尔·库斯图里卡，这是我家里最受欢迎的名字之一，也是我朋友里最受欢迎的名字之一。我一直以为这是一个导演兼编剧的名字，去年九月我才知道这也是一个小说家的名字，我在米兰的一家书店里看到了他的一部小说集，可能就是这部《婚姻中的陌生人》，费特里纳利出版，我们是同一家意大利出版社，午饭的时候我询问我们的编辑法比奥，法比奥说已经出版了他的两本书。

库斯图里卡没有告诉我他写过小说。今年一月二十六日，我们在一个山顶的小木屋里喝葡萄酒吃烤牛肉，那是在塞尔维亚和波黑交界之处，景色美丽又壮观。我们从下午吃到晚上，夕阳西下之时，我们小心翼翼走到结冰的露台上观赏落日之光与皑皑白雪之光如何交相辉映，光芒消失之后我们冻得浑身哆嗦又是小心翼翼走回木屋，继续我们的吃喝。木屋里有库斯图里卡和我，有佩罗·西米柯，他是波黑塞族共和国总统的顾问，他说他的总统和库斯图里卡是世界上最讨厌的两个人，经常在凌晨两三点的时候打电话把他吵醒，有马提亚院士和德里奇教授，还有给我做翻译的汉学家安娜。那是一个美好的下午和晚上，德里奇教授喝着葡萄酒向我了解《许三观卖血记》里的黄酒是什么味道，我不知道如何讲述黄酒的味道，就告诉德里奇下次来塞尔维亚时给他带一瓶。马提亚院士讲述他读过的中国古典诗歌，他背诵了其中一句："你只要坐在河边耐心等待，就会有一具敌人的尸体漂过。"我不知道这句诗出自何处，心想翻译真是奇妙，可以无中生有，也可以有中生无，不过这个诗句确实不错。

然后库斯图里卡开车带我们来到一个滑雪场的酒吧，我们坐下后，他坐到壁炉台阶上，让炉火烘烤他的后背。这时候我想起在米兰书店里看到他意大利文版小说集的事，我告诉了他，并且告诉他出版社的名字，他让我重复一遍出版社的名字，然后叫了起来："啊，对，费特里纳利。"这就是库斯图里卡，他知道自己的小说在意大利出版了，但是出版社的名字他没有关心。如果我打听他的电影在意大利的发行商名字，他可能也要好好想一想，然后"啊，对……"

这部《婚姻中的陌生人》里收录了库斯图里卡六个中短篇小说——《多么不幸》《最终，你会亲身感受到的》《奥运冠军》《肚脐，灵魂之门》《在蛇的怀抱里》《婚姻中的陌生人》。我因此经历了一次愉快的阅读之旅，每一页都让我发出了笑声，忧伤之处又是不期而遇。这部书里的故事让我感到那么地熟悉，因为我看过他所有的电影，读过他去年在中国出版的自传《我身在历史何处》，去过他在萨拉热窝童年和少年时期生活过的两个街区，站在那两个街区的时候我想象这个过去的坏小子干过的种种坏事，他干的坏事比我哥哥小时候干过的还要多，我哥哥干过的坏事起码比我干过的多五倍。

《多么不幸》的故事发生在特拉夫尼克，我没有去过这个地方，但是我读过伊沃·安德里奇的《特拉夫尼克纪事》，我仍然有着熟悉的感觉。《在蛇的怀抱里》讲述了波黑战争，这应该是让我感到陌生的故事，可是我看过他的最新电影《牛奶配送员的奇幻人生》，这部电影就是来自这个故事，我还是熟悉。其他的故事在萨拉热窝，有时候去一下贝尔格莱德，我在阅读这本书的时候，那个熟悉的埃米尔·库斯图里卡无处不在。

埃米尔·库斯图里卡，他用生动和恶作剧的方式描写了这个世界。他的生动在叙述里不是点滴出现，而是绵延不绝地出现，就像行走在夜晚的贝尔格莱德，总是听到在经过的餐馆里传出来库斯图里卡电影里的音乐。他的恶作剧在叙述里不是单一的，而是多样和相遇的，如同多瑙河与萨瓦河在贝尔格莱德交汇到一起那样。

《多么不幸》开头的第一句："德拉甘·泰奥菲洛维奇之所以被谑称为'泽蔻'——小兔子——是因为他爱吃胡萝卜。"这个叫泽蔻的孩子的生日是三月九日，他的父亲是一个对家庭没有丝毫责任感的人。泽蔻有着连续五年的苦恼，他的父亲斯拉沃上尉总是记不得三月九号是他的生日，可怜的孩子就会希望"要是我能让三月九号从日历上消失，那我的生活就会轻松多了"。

因为有一个三八妇女节，泽蔻问母亲阿依达："为什么没有属于男人的节日呢？"母亲回答："因为对于男人们来说，每天都是过节。"泽蔻又问："可又为什么偏偏是三月八号，而不是别的日子？"他的哥哥戈岚说："为了让斯拉沃忘了你的生日！"

这位斯拉沃上尉都不愿意抱一下儿子泽蔻。"斯拉沃，我可怜的朋友……你就不能抱抱你的孩子吗？难道会抱断你的胳膊？"斯拉沃回答："不卫生！"

泽蔻母亲阿依达说过，等孩子们长大成人之后，她就把丈夫斯拉沃一个人丢在那儿，独自远走高飞，连地址都不会留给他。泽蔻的哥哥戈岚"整天眼巴巴盼望着自己什么时候能拿已故的父亲起誓"，"戈岚毫不掩饰这个关于父亲的阴暗念头让他变得有多激愤。'赶紧断气吧，老东西！'"。

这部小说集的最后一篇《婚姻中的陌生人》，库斯图里卡描写了一位与斯拉沃上尉绝然不同的父亲，布拉揩·卡莱姆是一位和蔼可亲的父亲：

> 我的父亲，布拉揩·卡莱姆，热衷于讲述女人们的英勇壮举。他最喜欢的女英雄有圣女贞德、居里夫人、瓦莲京娜·捷列什科娃……当他讲起一位母亲

在历史中所扮演的角色，情绪变得十分激动，就连心脏周围的衬衣都随之颤抖，他松了松领带，最后，竟然嚎啕大哭起来。

"法西斯从萨拉热窝上空丢下一颗炸弹，莫莫·卡普尔的母亲，用自己的身体为她的小蒙西罗搭起一道屏障来保护他。最后他得救了，可卡普尔同志却在爆炸中丧了生！"

泪水顺着他的脸颊流下。我看着他，自己也忍不住哭了起来——没错，哭了！不知究竟是什么感动了我——是我父亲，还是关于这个母亲的故事。

莫莫·卡普尔是一位作家的名字。小说里的"我"，也就是布拉措·卡莱姆的儿子，是一个小痞子，此后冒充莫莫·卡普尔的名字招摇撞骗，而且信口雌黄把当时经常出现在电视上的科学家切多·卡普尔说成了他的叔叔，与他的痞子伙伴科罗和茨尔尼整天鬼混在一起，做过的坏事一卡车都装不下，科罗是他们的头儿。库斯图里卡恶作剧般的描写里时常闪耀出正义的光芒，这让我们看到库斯图里卡是一位情感丰富和视野开阔的创作者，他在叙述里让痞子小卡莱姆自我感动地给两个痞子伙伴科罗和茨尔尼讲了那个高尚的故事：

我们三个聚在商店门口，喝点儿啤酒，然后等着佩顿的几个小崽子们，好向他们收过路费。我开始讲起莫莫·卡普尔母亲的故事，却突然鼻子一酸流起眼泪来。科罗立刻抓住我不放：

"哭唧唧的那个人哟……小娘们，走开！"

"就一滴眼泪而已！"

"一个痞子，一个真正的痞子，才不会哭呢。哪怕他老妈刚咽气！"

"那你呢，你老子死的时候，你兴许没哭吧？"

"不许扯我的事儿，记住了？！我是你的头儿。快点儿，咱们到那上面去！"

那位热衷于讲述女英雄壮举的父亲布拉措·卡莱姆是一个瞒着妻子在外面寻花问柳的高手，库斯图里卡这样写道："我父亲并不是按照南斯拉夫标准打造出来的。他身高一米六七，脚下垫着四厘米的增高垫；他的衣服都是找裁缝量身定做的，每次总要十分留心，让裤脚遮住增高垫。"布拉措·卡莱姆对他儿子解释用增高鞋垫是因为他的脊椎，不是为了身高。而他的小痞子儿子觉得男人们的增高鞋垫与女英雄们的光荣事迹不无关系，他注意到父亲看女人的时候"眼睛一眨不眨送秋波"。让女人被盯得难以承受："好了，卡莱姆同志，求您了！您让我不好意思了。"有一天他父亲从萨格勒布回来后与母亲争吵到深夜，科罗为此信誓旦旦地告诉他："这表明他在萨格勒布的情妇都把他榨干了。"

这就是库斯图里卡的恶作剧,让一个崇敬女英雄的男人到处搞女人,最后竟然跟儿子在一对姐妹那里会合了,儿子的是姐姐,父亲的是妹妹。小说结尾的时候父子两个达成默契,父亲请儿子帮个忙,儿子问什么忙,父亲说:"如果哪天我突然死了,你必须第一个赶到我身边,你得收好我的电话簿,让它永远消失。"儿子毫不犹豫地回答:"好的。"

写到这里我想起了一个真实的事例,也是发生在东欧那里,不是塞尔维亚,当然我不能说出那个国家的名字,以免我的朋友日后被人对号入座。这位朋友在他父亲五十岁生日即将来到之时,与他留学时认识的一位法国女同学联系,邀请她来自己的国家游玩五天,所有的费用由他来出,条件是陪他父亲睡一觉,那位法国女同学同意了,于是他父亲在五十岁生日的晚上与一位年轻的法国女郎共度良宵,他则是陪着母亲喝酒聊天到天亮。在那里,男人过生日时与家人吃完晚饭和蛋糕后,就会出去和朋友们在酒吧里喝酒喝到天亮,所以这位朋友的母亲没起疑心,而且有儿子陪着聊天感到很高兴,她不知道这是儿子的拖延战术。这位朋友的父亲后来得意洋洋地把这个特殊的生日礼物告诉了自己的弟弟,让他的弟弟十分羡慕,希望自己的儿子在他五十岁生日时也能送上这样的礼物。在这个世界上,有时候父与子这样两个男人之间的阴谋,是那些母亲和女儿和姐妹们无法探测到的。

《奥运冠军》和《肚脐，灵魂之门》应该是这部书里的两个短篇小说。《奥运冠军》显示了库斯图里卡刻画人物的深厚功力，一个名叫罗多·卡莱姆的酒鬼，曾经五次获得过南斯拉夫业余无线电爱好者比赛冠军，这个热心肠的酒鬼总是醉醺醺地问别人："我亲爱的，你们有什么需要吗？"他没有一次的出现是清醒的，直到最后烧伤后浑身缠着绷带躺在医院里才终于是清醒的，但是口齿不清了。库斯图里卡把罗多·卡莱姆的醉态描写得活灵活现。

　　《肚脐，灵魂之门》是库斯图里卡的《波莱罗》，他把拉威尔的变奏融入阿列克萨这个孩子一次又一次对阅读的抵抗之中，这个短篇小说里出现的第一本书是布兰科·乔皮奇的《驴子的岁月》，最后也是这本书，就像所有的变奏都会回到起点那样，阿列克萨终于读完了人生里的第一本书。为了庆祝儿子读完第一本书，父亲把《驴子的岁月》的作者布兰科·乔皮奇请来与阿列克萨见面，让阿列克萨紧张得说话都结巴了。当母亲在阿列克萨耳边私语："跟他说说你觉得《驴子的岁月》怎么样……"儿子回答："有什么用，他比我更清楚！"

　　变奏的技法在小说中出现时很容易成为无聊的重复，然而库斯图里卡有办法让重复的叙述引人入胜。结尾出人意料，是布兰科·乔皮奇的结束。"第二次世界大战后，布兰科·乔皮奇从波斯尼亚的戈脉契山里来，到贝尔格莱德寻找他的叔叔。没有找到人，他睡在了亚历山大·卡拉乔尔杰维奇桥上。"多年之

后,当"灵魂已被南斯拉夫的悲剧吞噬"之后,布兰科·乔皮奇又来到了贝尔格莱德,库斯图里卡在小说的最后这样写道:

> 一天,布兰科·乔皮奇重新回到了他曾经在贝尔格莱德睡了一夜的地方。没有一个人向他致意。一个女人停下来,一脸困惑地盯着他走到桥的另一端,微微抬起胳膊向他致意。现在轮到布兰科停下了脚步,在跨过桥栏前,他瞥见了这个女人,也看到了她的手势,知道她想向他致意。他转身朝向她,回应了她,然后匆匆跃入萨瓦河中。

库斯图里卡的写作自由自在,没有人可以限制他,就是他自己也限制不了自己。他小说中的情节经常是跳跃似的出现,这可能与他的电影导演生涯有关,很多情节与其说是叙述出来的,不如说是剪辑出来的,所以他笔下的情节经常会跳到一个意料之外的地方,是否合理对他来说不重要,重要的是他是否感受到了讲故事的自由。

在上海的时候,他给我讲过准备拍摄的下一部电影,他讲述了第一遍,又讲述了第二遍,我感觉他是在自言自语,讲述到第三遍的时候,突然里面一个重要的情节逆向而行了,一下子颠覆整个剧情,他的眼睛盯着我,等待我的反应。我说直觉告诉我这样更好。他微笑了,直觉也告诉他这样更好。我看着他，心想坐在对面的这位塞尔维亚朋友的思维里没有边境，他的思维不需要签证可以前往任何地方。

他小说中的情节经常是这样，经常会突然逆向而行，就是细节也会这样。在《最终，你会亲身感受到的》里，表兄内多偷偷教还是孩子的阿列克萨如何自慰："你往浴缸里倒好热水，然后关起房门，接下来你泡到水里……让你的右手动起来吧！"阿列克萨勃然大怒："可我是左撇子啊！"

在南斯拉夫，在塞尔维亚，很多人认识埃米尔·库斯图里卡。去年六月我们在贝尔格莱德的两次晚餐结束离开时，就会有人走上前来请求与他合影，他很配合影迷的请求，眼睛友好地看着镜头。今年一月二十七日，他开车带我们几个人从塞尔维亚的木头村前往波黑塞族共和国的维舍格勒。冬天的树林结满了霜，漫山遍野的灰白色，我们在陈旧的柏油公路上一路向前。来到波黑边境检查站时，一些车辆在排队等待检查，边检人员认真查看坐在车里人的证件和护照，我们的车绕过那些车辆以后放慢速度，库斯图里卡摇下车窗玻璃，对着一位波黑边境的检查官挥挥手，那位检查官看见是库斯图里卡也挥挥手，我们的车不需要检查证件护照就进入了波黑。

我笑了起来，听到我的笑声后，库斯图里卡的双手在方向盘上做出了演奏的动作，他说："这个世界上不应该有边境。"

二〇一八年七月二十六日

第9课

一个游魂在讲述

《河流引路人之死》是理查德·弗兰纳根的第一部长篇小说，是在中国出版的第二部，中国读者之前读到的是《深入北方的小路》。《深入北方的小路》是一部了不起的小说，弗兰纳根用虚构的力量呈现了他父亲的经历，一个名叫埃文斯的军医的经历，在澳大利亚的爱情经历和在二战时期被日军俘虏后修建泰缅铁路的经历。弗兰纳根这部献给父亲的小说为他带来很多声誉，也顺利来到中国，但是我要告诉大家，在《深入北方的小路》之前，弗兰纳根已经是当今在世作家中杰出的一位，他写下的澳大利亚塔斯马尼亚的故事，他家乡的故事，已经在当代世界文学里占有了不可或缺的位置。

弗兰纳根比我小一岁，我在阅读同时代外国作家的作品时，总是抱有一种亲切的好奇心，我写下自己故事的时候，他们正在写下什么？因此当我阅读《河流引路人之死》时，几次不由自主想到自己的第一部长篇小说《在细雨中呼喊》，当然这是两部绝然不同的小说，共同之处都是作者的第一部长篇小说，我在写作《在细雨中呼喊》之前，差不多有九年时间的短篇小说和中篇小说的写作训练，《河流引路人之死》是弗兰纳根第一次小说写作，这菜鸟出手就是一部杰作，通篇读下来没有一点生硬之处，作者胸有成竹，似乎是一个已经写过十部长篇小说的老手，他之前只是写过几个非虚构作品。另一个共同之处是我们在写作第一部长篇小说时，都在追求叙述的自由，我们都不想被故事的完整性束缚手脚，我在《在细雨中呼喊》里的做法是把故事切成片断，弗兰纳根在《河流引路人之死》里做得更绝，不仅把故事切碎了，还把很多情节切成片断，奇怪的是竟然不影响阅读进程，让我手不释卷读了下来。

在这部小说里，弗兰纳根拥有一个最佳叙述角度，也是这部长篇小说得以成功的视角窗口——阿利亚什，一个死去的河流向导的讲述，一个游魂的讲述，时隐时现地向我们讲述，一个没有时间的空间在向一个有时间的空间讲述。

我能够理解弗兰纳根在获得写作的自由以后，也给自己的写作带来最大的挑战。弗兰纳根无疑喜欢挑战，否则他不会胆大妄为把情节都切开来，经常是一个情节没有完成，另一个情节开始了，这另一个也还没有完成，又有一个出来了，一个情节要经过其他一些情节之后才会最终完成，所以他必须让每一个片段都是精彩呈现。这样的写作需要作者非同寻常的洞察力，需要高超的技巧天赋，还需要一个好身体，这些弗兰纳根都有，所以他做到了，这部书吸引了我，我几鼓作气读完了，如果我年轻二十岁，我的眼睛还没有老花，我相信自己会一鼓作气读完。

这部小说有着众多人物，弗兰纳根既然要让每个片段在叙述里令人难忘，他笔下人物登场时必然生机勃勃。玛利亚·马格达莱娜·斯维沃，在阿利亚什这个游魂的讲述里断断续续出现，最先出现是接生妇的身份，她解开缠绕阿利亚什脖子上的脐带，让阿利亚什来到人间。这个总是大笑的女人喜欢抽雪茄，一种澳大利亚本地牌子的雪茄，喜欢说一句澳大利亚的俗语"不去悉尼，就去荒野"，在阿利亚什母亲的葬礼上，"在神父肃穆地诵着'尘归尘，土归土'时，她一指头把烟灰弹进了墓穴"。接下去自然是神父嫌恶地看着她，其他人不再垂头看着墓里，也都去看着她了。

玛利亚·马格达莱娜·斯维沃在这部小说的开篇就出现了，弗兰纳根用了将近五页的篇幅描写她，这五页是用不同的片段组成，玛利亚·马格达莱娜·斯维沃的片段，阿利亚什的片段，阿利亚什母亲的片段。玛利亚·马格达莱娜·斯维沃出现的叙述方式奠定了这部小说的叙述方式，弗兰纳根发现了属于自己的叙述逻辑，不按照故事来讲，不按照顺序来讲，时间是错开的，上一个段落还是过去，下一个段落已是以后了，然而叙述却是如此的流畅，读下来没有丝毫中断之感。弗兰纳根是过渡叙述的大师，细节之间的过渡，片段之间的过渡，他在读者不经意之时就完成了，而且精彩纷呈。

阿利亚什知道自己不是在澳大利亚的塔斯马尼亚出生的，

是在意大利与斯洛文尼亚交界的一个名叫的里雅斯特的小城出生,是在他十岁的时候听说玛利亚·马格达莱娜·斯维沃回去探亲,在的里雅斯特的一个集市里,被两个醉醺醺的骑着踏板小摩托车的学生撞了,"两个学生没撑过一天就去世了,八十多岁的玛利亚却在医院里躺了三个月后回到了澳大利亚,甚至比启程之前更加生龙活虎"。

这个段落的上面段落写的是玛利亚·马格达莱娜·斯维沃正在清洗阿利亚什出生后产房的地板。而下面的段落是多年后阿利亚什母亲的抱怨,因为玛利亚·马格达莱娜·斯维沃嫌给的接生费少了,顺走了一瓶珍贵的威士忌。"我母亲唯一的一瓶威士忌,是她与我父亲一夜春宵后获得的报偿。那瓶酒和我这个不受欢迎的儿子,就是母亲当时从正在附近一所监狱里服刑的我父亲那里获得的全部了。"所以阿利亚什的母亲会哀叹"假如当初玛利亚·马格达莱娜·斯维沃带走的是我,而留下了那瓶威士忌,她的境况会好很多"。这三个段落呈现出来的时间像是一次三级跳远,差不多一跳就是一个十年。

我继续来讲讲弗兰纳根如何让他笔下的人物登场,关于玛利亚·马格达莱娜·斯维沃最初的描写,只要还记得两个细节,玛利亚·马格达莱娜·斯维沃的形象就会栩栩如生:一个是两个撞伤她的学生当天死了,她却生龙活虎回来了;另一个是她往阿利亚什母亲墓穴里弹烟灰。

阿利亚什父亲哈利的登场,前面章节里关于他正在监狱里服刑的那句话不是正式登场，哈利的正式登场是在醉酒的时候，在烧烤聚会上，"哈利会向一大串动物致辞，但除了几只流浪猫和长疥癣的狗，其他动物听众旁人根本看不见。可哈利声称，动物们都很享受这种盛宴"。

弗兰纳根总是让笔下人物在最合适的时间地点登场亮相，玛利亚·马格达莱娜·斯维沃是这本书里少有的几个安稳度过一生的人，她的登场是用生动的生活细节表现出来，哈利是不幸的，所以他登场时是潦倒的模样。

也有刚登场就退场的人物，阿利亚什还是小男孩的时候，几乎每天都被同学欺负殴打，这让他懂得了还击，即使他被打得遍体鳞伤，只要仍在还击，他就认为他们不会赢。他发现一个名叫埃迪的同学也是这样，一直被欺负，一直不屈服，这两个一直在与其他孩子打架的人成了好友。可是埃迪刚登场，弗兰纳根就让他退场了，埃迪的退场就像其他人物的登场那么精彩。四年级的时候，埃迪一家要搬到北部去，把行李搬上一辆老旧的奥斯汀汽车，埃迪利用最后的时间与阿利亚什一起玩。"埃迪为接下来的旅途戴上了呼吸管和护目镜，说以免待会儿跟五个兄弟姐妹一起挤在后座上时，要闻一路他们放的屁。阿利亚什哈哈大笑。"

《河流引路人之死》是一部小说，也是一部叙述学指南，对于热衷探索文学奥秘的读者，这是一部值得细细品味的书；对于刚刚走上文学创作之路的作者，这是一部关于叙述的教科书。我们可以在这里读到叙述的无所不能，阿利亚什的讲述，一个游魂在讲述，有阿利亚什看过听过经历过的，也有阿利亚什没看过没听过没经历过的，一个溺水的游魂，一个飘扬的游魂，一个静坐的游魂，一个无所不知的游魂，讲述了很多的自己，讲述很多的别人，出生后的讲了，出生前的也讲了，最远讲到了他父亲哈利的曾外祖父。弗兰纳根的描写有时候快速推进，可以几页讲完一生，有时候慢下来，仔细描写事物，尤其是关于富兰克林河的动态描写，堪称是文学对于河流描写的典范，阿利亚什和绰号"蟑螂"的两个河流向导带着旅客的历险经历是这部小说的两条线索之一，另一条线索讲述了众多家人和众多别人，这条线索可以说是天马行空，正是这条天马行空的线索让弗兰纳根敢于在叙述里把情节切成片断，同时在第三人称和第一人称之间来回转换，如同在客厅和房间之间来回走动那么自然。需要说明的是，弗兰纳根在让叙述获得彻底的自由的时候，他把握叙述分寸的能力也突显出来，他深知重要的情节是不能切开的，要一气呵成写完。

　　阿利亚什与蔻塔·何——一个有着中国血统的女子的认识、相爱、分离就是一气呵成。弗兰纳根不会错过任何的叙述机会，在这个章节里，他趁机写下了何氏家族的历史，也让阿利亚什向蔻塔·何说起了母亲的死，这是阿利亚什第一次说起母亲索妮娅是怎么死去的。我们读到第七页的时候就知道索妮娅去世了，在第九十七页才知道她是怎么死去的。这是弗兰纳根的风格，发生了什么，原因是什么，他经常会分开告诉我们，又总是时机恰当。

弗兰纳根描写阿利亚什与蔻塔·何分离时，有着深沉的宁静和忧伤，他们的宝贝女儿杰玛来到人间两个月就死了，蔻塔·何沉入痛苦的深渊，阿利亚什努力安慰蔻塔·何，"生活必须继续""我们至少拥有过她两个月"，这样的话只是阿利亚什的自我安慰，对蔻塔·何来说是不可理喻的，之后当阿利亚什给蔻塔·何拥抱或者亲吻时，蔻塔·何的反应是对这样举止的憎恶。让我们看看弗兰纳根是如何描写他们的分离，女儿去世八个月后，两个人餐后洗碗时，阿利亚什对蔻塔·何说，他想了很久，最好的办法是他离开。蔻塔·何的反应是虚弱地微笑了一下，"好像他说的不过是要去街角商店买牛奶这种无关紧要的话。'好吧。'她说，'好。'然后露出第二次微笑，仿佛这件事对她来说没有任何意义"。接下去他们继续洗碗，他们之间已经结束了。两个人在一起的最后一个晚上，"肩并肩躺在一起。他握住她的手，但她把手抽走了，交叠在胸前"。

弗兰纳根描写河流时让人读来有着水声喧哗的激动，描写亲人的分离和失去时，则是让人感到无声的心酸。

还是孩子的哈利在捕猎季开始时，跟随父亲波伊走进深林，那是小哈利与父亲相处最好的一段时间，那个回家只会睡觉喝酒动手打母亲的父亲，在小窝棚生活和一起外出捕猎时，变得"安静、快活、温暖、乐于与儿子沟通"，小哈利学会了做他父亲最喜爱的沙袋鼠肉饼，学会了爱他的父亲。可是父亲死了，父亲外出捕猎时被一棵腐烂的树砸死的，风吹断了树干刚好砸在他身上。父亲死的第一天，小哈利因为发烧躺在床上，接下去的四天里他都不知道父亲死了，弗兰纳根用了两页篇幅细致地描写了小哈利的等待，他如何做沙袋鼠肉饼，做完后他把油脂和肉饼放进平底锅里，没有放到火上，他在等待父亲回来。四天后他才把做好的肉饼吃完，出去寻找父亲，弗兰纳根差不多用了三页的篇幅描写小哈利如何找到死去的父亲，然后如何回家，这个懂事的孩子"去晾皮革的棚子里，拿麻绳把三十六张沙袋鼠皮用波伊的防水布外套仔细包好，捆在背后。他知道，如果不背点东西回去，这趟捕猎就白跑了"。虽然棚子里还有上百张皮革。小哈利走了一天半的路，遇到了他的两个叔叔乔治和巴吉尔，在三个人相遇的整整一页描写之后，乔治才问"波伊呢？"，小哈利的回答是"有棵树"。

这就是洞察力，弗兰纳根没有让小哈利回答"死了"，而是"有棵树"。接下去弗兰纳根准确地写下了乔治和巴吉尔的平静反应，在穷困生活的重压之下，亲人的死亡对于他们来说不算什么，"就好像只是赛马输了点钱"。读完这个章节，回想哈利登场时醉醺醺地向几只流浪猫和长疥癣的狗致辞，并且觉得猫狗们很享受时，我们也许会感慨，感慨读到了什么是人生。

我在读到《河流引路人之死》第十五页的时候，意识到讲述者是一个死去的游魂，作为写作者，我一页一页往下读的时候，会关心弗兰纳根是如何描写阿利亚什的溺死。我对弗兰纳根有信心，相信他会写出精彩的篇章，因为我在《深入北方的小路》最后的篇章里，读到埃文斯与艾米这对相爱的恋人多年后在悉尼大桥上擦肩而过的惊人一笔。在《河流引路人之死》最后的时候，弗兰纳根没有让我失望，他精彩地写下阿利亚什之死，富兰克林河的激流让阿利亚什几次处于危险之中，可是阿利亚什却溺死于平静。

几年前，弗兰纳根来到北京，我手里拿着《深入北方的小路》，指着作者简介里的作品目录问他，这上面哪本书是写塔斯马尼亚的？他告诉我，除了我手上这本，其他的都是写塔斯马尼亚的。现在理查德·弗兰纳根的塔斯马尼亚来到了中国。

此刻我想起这本书中的一个段落，阿利亚什的父亲哈利带着母亲索妮娅从意大利坐船回到澳大利亚的塔斯马尼亚，"第一眼从船上看到它，索妮娅就哭了起来"。索妮娅看到一个小镇，那些木质建筑因为年久失修而摇摇欲坠东倒西歪，她问哈利："你带我来的这是什么地方？"下面我要引用一个段落，我没有丝毫嘲笑塔斯马尼亚的意思，我在《河流引路人之死》里读到了活泼的塔斯马尼亚和坚韧的塔斯马尼亚，我之所以引用，是要告诉大家，理查德·弗兰纳根的写作是多么生动有趣，这样的生动有趣在这本书里俯拾皆是。索妮娅下船后，在塔斯马尼亚见到的第一个情景是这样的：

  他们看到一个男人在与一根电线杆争吵，一个女人在恳求他别出洋相。

  "滚开。"那个男人说，"这是私人谈话。"

二〇二一年十一月二十八日

第10课

鲁迅写下的是人的根本

我听完孙歌的发言,知道了为什么我不能成为学者。我小时候跟孙歌一样,能读到的书就是《鲁迅全集》和《毛泽东选集》。我当时觉得《毛泽东选集》好看,因为我只看注解不看原文,原文看不懂,注解里有很多打仗的内容,很精彩。《鲁迅全集》的注解里全是文人那些事情,没啥意思,没看到过白刀子进红刀子出。我小时候一直很讨厌鲁迅,那个时候课文里的文学作品全是鲁迅的,上课的时候要站起来背诵他的文章,他的文章背诵起来很难,不像当时的革命口号那样通俗易懂,所以我一直讨厌他。大概到了三十五岁的时候,一个偶然机会重读鲁迅,才知道鲁迅的伟大。后来我发现,这种中小学教育中的强迫阅读的现象也不是中国特有的,全世界都有,有一年我去挪威,在奥斯陆大学演讲,讲我和鲁迅的故事,讲我小时候如何讨厌鲁迅,三十五岁那年如何重新发现鲁迅,讲完以后,奥斯陆大学的一位教授走上来跟我说,你小时候对鲁迅的讨厌和我小时候对易卜生的讨厌一模一样。后来我和苏童去纽约的亚洲学会开会,我和一个印度作家一起,又讲了我小时候讨厌鲁迅的故事，说完以后，那个印度作家对我说，你小时候对鲁迅的讨厌跟我小时候对泰戈尔的讨厌一模一样。

刚才孙歌指出张旭东这部书是巨著，我好长时间没读过巨著了，八百多页，这才是三分之一的巨著。在座的老师都读完了，我也读完了，但我读得比较粗，没有做笔记，有些地方翻得比较快，有些地方稍微慢一点，涉及引用原文的时候我基本上就翻过去了，看看张旭东的评论就知道鲁迅原文基本是什么意思。张旭东是一个有野心的人，他在书里强调了鲁迅的不确定性和开放性，他自己也想要不确定和开放，为未来的可能性敞开。

用张旭东的话说，鲁迅的文学诞生于小说，再生于杂文。这本书从导论开始，之后更细致地一步步往下推进和展开，这对我很有启发。首先，我对鲁迅的小说比杂文更熟悉，但是很奇怪，对于一些好玩的东西，杂文记得多，小说记得少。刚才孙歌提到的《夏三虫》，我就记得很清楚。里边讲鲁迅为什么喜欢跳蚤，一般人可能会选择喜欢苍蝇，因为苍蝇对人伤害不大。鲁迅在他自己的文章里边说过，他想健康一点，想长寿一点，这不是为了爱人，而是为了敌人。他的敌人是谁呢？没那么严重，也就是苍蝇和蚊子，整天在他耳朵边上嗡嗡叫着，那个声音让他很烦。对鲁迅来说，把他们当成敌人是对他们的尊重。所以张旭东这本书我认真读下来受到了很大的启发，我想，鲁迅和小说的关系以及鲁迅和杂文的关系是怎样的？鲁迅和小说的关系是鲁迅要去写小说，跟杂文是反过来的，是杂文要鲁迅去写，是这样的关系。他的杂文从《热风》开始一直到《坟》，文体很散漫，长长短短都有，到了《华盖集》那个时候才感觉到结构稍微严谨一点，但整体还是很散漫，他要是没有那些蚊子和苍蝇作为敌人的话，他真写不了那些东西，他是被蚊子和苍蝇逼出来的，跳蚤虽然对他造成了伤害，但是这种伤害对他来说不算什么，并不是蚊子和苍蝇那样的敌人。

我大约在二十年前，曾经想写一篇文章叫《我们的鲁迅》，后来放弃了，我觉得我鲁迅还是读得不够多，研究得不够深入。我当时为什么想写"我们的鲁迅"，是因为我感到，鲁迅那么多年前批判过的事，到了今天还在发生，有些一模一样，有些随着时代的变化改头换面，这就是鲁迅让我钦佩的地方。鲁迅自己说过，攻击时弊的文字须与时弊一起灭亡。为什么鲁迅的文字没有灭亡，就是他攻击的时弊没有灭亡，不断地出现，根据时代的变化改头换面地出现。鲁迅一九三六年去世的，这后来的八十七年里，每个时期鲁迅笔下的人物都会火一把，阿Q不知道火多少遍了，祥林嫂也一直被人反复提及，而且不仅是人物火了，人物穿的衣服也会跟着火一把，比如孔乙己的长衫。

张旭东在这本书里写下的是文学鲁迅，张旭东一直强调，终究鲁迅还是文学家，尽管张旭东也从哲学意义、政治意义等六个方面来阐述鲁迅，但最重要的一个方面就是文学，文学是包罗万象的，社会性、历史等等都包容进去了，所以《杂文的自觉》这个书名就把鲁迅最根本的东西写出来。

鲁迅最根本的是什么？是人的根本。为什么过去了这么多年，我们读鲁迅依然感同身受，一百年前鲁迅写的文章在今天依然让读者颇有同感。他的杂文里写到的某某某，很像是我今天认识的某某某，这种感受经常发生，我说鲁迅写下的是人的根本，人性里边包含了社会性、政治性、历史性等等，包含了各种各样的东西。过去说他是文学家、思想家、革命家、政治家、教育家……好多"家"，但是鲁迅的根本是一个文学家，只有文学家才能够把人的根本写出来，而人的根本包含一切的根本。

在外国作家里，仔细想一想，跟鲁迅比较接近的，应该是博尔赫斯，博尔赫斯也是散文多于小说，诗歌也不少，也没有长篇小说，但他们两个截然不同，博尔赫斯写不出人的根本。我们年轻的时候读到过博尔赫斯的一句话："镜子和交媾都是可憎的，因为它们同样使人口数目倍增。"当时我们对博尔赫斯非常崇拜，对他这句话也是非常崇拜，现在再来看看这句话，除了聪明，好像没有别的东西了。鲁迅从来不说聪明的话，鲁迅说的话都是指向我们最根本的问题，而且这些根本的问题都是小事，不是大事，鲁迅写大事也是从写小事出发的。当然我无意在这里贬低博尔赫斯，博尔赫斯的思维是飞翔的，他表现的是人的智慧，鲁迅的思维是在人群里行走，表现的是人的根本。张旭东这本书试图表达的就是鲁迅是如何去写我们的社会，写我们人的根本。

在《杂文的自觉》里，张旭东把鲁迅《伤逝》中的一段文字（我似乎被周围所排挤，奔到院子中间，有昏黑在我的周围；正屋的纸窗上映出明亮的灯光，他们正在逗着孩子推笑。我的心也沉静下来，觉得在沉重的迫压中，渐渐隐约地现出脱走的路径：深山大泽，洋场，电灯下的盛筵，壕沟，最黑最黑的深夜，利刃的一击，毫无声响的脚步……）解读为杂文性质的。如果把《伤逝》作为杂文来分析，会得罪很多年轻小说家，因为很多年轻小说家认为小说就应该像《伤逝》这样来写。如果放在三十年前，我也会这么认为，现在我被张旭东说服了。显然，用我们传统的方式去讨论鲁迅已经不够了，鲁迅逝世已经八十七年了，在今天如果我们还用过去的方式讨论鲁迅，其实是不合适的。我们都知道，八十七年过去了，我们仍旧在读鲁迅，仍旧认为他说的是我们今天的故事，这个时候再用过去的方式去理解鲁迅已经不够了。鲁迅的第一篇白话小说，也是他的成名作《狂人日记》写在一九一八年，在《狂人日记》里，鲁迅"杂文的自觉"就已经充分显露了。

孙歌之前提到，张旭东写作这本书仿佛是"喷"出来的，这个形容我认为也可以用于看待鲁迅的杂文写作。中国的知识分子基本可以分出类别，不是崇洋媚外就是厚古薄今，大多数是两者兼而有之，既崇洋媚外又厚古薄今，胃口很大，你不知道他要什么。鲁迅对古代从来不厚，也不崇洋媚外，鲁迅总是嘲笑那些留洋回来的人，尤其是嘲笑会说英语的，对会说日语的客气一些，他自己会说日语。

　　我们都说人心不古，从明朝说到现在了。鲁迅有一篇杂文叫《人心很古》，鲁迅的知识背景实在是强大，只要当时有人用社会上发生的某件事来说明人心不古，鲁迅立即会从古代找出相应的事例，告诉他们，类似的事古代已经有了，所以一直以来人心很古。这就是为什么鲁迅总是一针见血地写出我们的根本，从这点看，鲁迅的杂文就是从血管里喷出来的。

二〇二三年七月三十一日

第11课

飞翔和变形

—— 关于文学作品中的想象之一

今天演讲的主题是文学作品中的想象，"想象"是一个十分迷人的词汇。还有什么词汇比"想象"更加迷人？我很难找到。这个词汇表达了无拘无束、天马行空和绚丽多彩等等。

今天有关想象的话题将从天空开始，人类对于天空的想象由来已久，而且生生不息。我想也许是天空无边无际的广阔和深远，让我们忍不住想入非非；湛蓝的晴天，灰暗的阴天，霞光照耀的天空，满天星辰的天空，云彩飘浮的天空，雨雪纷飞的天空……天空的变幻莫测也让我们的想入非非开始变幻莫测。

差不多每一个民族都虚构了一个天上的世界，这个天上的世界与自己所处的人间生活遥相呼应，或者说是人们在自身的生活经验里，想象出来的一个天上世界。西方的神祇们和东方的神仙们虽然上天入地呼风唤雨，好像无所不能，因为他们诞生于人间的想象，所以他们充分表达了人间的欲望和情感，比如喜好美食，讲究穿戴等，他们不愁吃不愁穿，个个都像大款，同时名利双收，个个都是名人。人间有公道，天上就有正义；人间有爱情，天上就有情爱；人间有尔虞我诈，天上不乏争权夺利；人间有偷情通奸，天上不乏好色之徒……

我要说的就是神话传说，这些故事中的神祇神仙经常要从天上下来，来到人间干些什么，或主持公道，或谈情说爱等，然后故事开始引人入胜了。我今天要说的是这些神仙是怎么从天上下来的，又怎么回到天上去。这可能是阅读神话传说时经常让人疏忽的环节，其实这是非常重要的环节，可以衡量故事讲述者是否具有了叙述的美德，或者说故事的讲述者是否真正理解了想象的含义。

什么是想象的含义？很多年前我开始为汪晖主编的《读书》杂志写作文学随笔时，曾经涉及这个问题，当时只是浮光掠影，今天可以充分地讨论。当我们考察想象在文学作品中的作用时，必须面对另外一种能力，就是洞察的能力。我的意思是说，只有当想象力和洞察力完美结合时，文学中的想象才真正出现，否则就是瞎想、空想和胡思乱想。

现在我们讨论第一个话题——飞翔，也就是文学作品中的人物如何飞翔？有一次加西亚·马尔克斯在和朋友谈到《百年孤独》写作时遇到的一个难题，就是俏姑娘雷梅苔丝如何飞到天上去。对于很多作家来说，这可能并不是一个难题，这些作家只要让人物双臂一伸就可以飞翔了，因为一个人飞到天上去本来就是虚幻的，或者说是瞎编的，既然是虚幻和瞎编的，只要随便地写一下这个人飞起来就行了。可是加西亚·马尔克斯是伟大的作家，对于伟大的作家来说，雷梅苔丝飞到天上去既不是虚幻也不是瞎编，而是文学中的想象，是值得信任的叙述，因此每一个想象都需要寻找到一个现实的依据。马尔克斯需要让他的想象与现实签订一份协议，马尔克斯一连几天都不知道如何让雷梅苔丝飞到天上去，他找不到协议。由于雷梅苔丝上不了天空，马尔克斯几天写不出一个字，然后在某一天的下午，他离开自己的打字机，来到后院，当时家里的女佣正在后院里晾床单，风很大，床单斜着向上飘起，女佣一边晾着床单一边喊叫着说床单快飞到天上去了。马尔克斯立刻获得了灵感，他找到了雷梅苔丝飞翔时的现实依据，他回到书房，回到打字机前，雷梅苔丝坐着床单飞上了天。马尔克斯对他的朋友说，雷梅苔丝飞呀飞呀，连上帝都拦不住她了。

我想，马尔克斯可能知道《一千零一夜》里神奇的阿拉伯飞毯，那张由思想来驾驶的神奇飞毯，应该是一个家喻户晓的故事。当然这不重要，重要的是无论是山鲁佐德的讲述，还是马尔克斯的叙述，当人物在天上飞翔的时候，他们都寻找到了现实的依据。可以说《一千零一夜》里的阿拉伯飞毯与《百年孤独》的床单是异曲同工，而且各有归属。神奇的飞毯更像是神话中的表达，而雷梅苔丝坐在床单上飞翔，则是充满了生活的气息。

在希腊的神话和传说里，为了让神祇们的飞翔合情合理，作者借用了鸟的形象，让神祇的背上生长出一对翅膀。神祇一旦拥有了翅膀，也就拥有了飞翔的理由，作者也可以省略掉那些飞翔时的描写，因为读者在鸟的飞翔那里已经提前获得了神祇飞翔时的姿势。那个天上的独裁者宙斯，有一个热衷于为父亲拉皮条的儿子赫耳墨斯，赫耳墨斯的背上有着一对勤奋的翅膀，他上天下地，为自己的父亲寻找漂亮姑娘。

在我有限的阅读里，有关神仙们如何从天上下来，又如何回到天上去的描写，我觉得中国晋代干宝所著的《搜神记》里的描写，堪称第一。干宝笔下的神仙是在下雨的时候，从天上下来；刮风的时候，又从地上回到了天上。利用下雨和刮风这样两个自然界的景象来表达神仙的上天下地，既有了现实生活的依据，也有了神仙出入时有别于世上常人的潇洒和气势。就像希腊神话和传说中，当宙斯对人间充满愤怒时，"他正想用闪电鞭挞整个大地"，将闪电比喻成鞭子，十分符合宙斯的身份，如果是用普通的鞭子，就不是宙斯了，充其量是一个生气的马车夫。《搜神记》里的这个例子，可以说是想象力和洞察力的完美结合。

第二个话题是文学如何叙述变形，也就是人可以变成动物，变成树木，变成房屋等。我们在中国的笔记小说和章回小说里可以随时读到这样的描写，当神仙对凡人说完话，经常是"化作一阵清风"离去，这样的描写可以让凡人立刻醒悟过来，原来刚才说话的是神仙，而且从此言听计从。这个例子显示了在中国的文学传统里，总是习惯将风和神仙的行动结合起来。上面《搜神记》里的例子是让神仙借着风上天，这个例子干脆让神仙变形成了风。我想自然界里风的自由自在的特性，直接产生了文学叙述里神仙行动的随心所欲和不可捉摸。另一方面，比如树叶，比如纸张等，被风吹到了天空上，也是我们生活中熟悉的景象。就像《红楼梦》里薛宝钗所云："好风凭借力，送我上青云。"正是这些为我们所熟悉的自然景象，让神仙无论是借风上天，还是变成风消失，都获得了文学意义上的合法性。

在《西游记》里，孙悟空和二郎神大战时不断变换自己的形象，而且都有一个动作——摇身一变，身体摇晃一下，就变成了动物。这个动作十分重要，既表达了变的过程，也表达了变的合理。如果变形时没有身体摇晃的动作，直接就变过去了，这样的变形就会显得唐突和缺乏可信度。可以这么说，这个摇身一变，是想象力展开的时候，同时出现的洞察力为我们提供了现实的依据。

我们读到孙悟空变成麻雀钉在树梢，二郎神立刻变成饿鹰，抖开翅膀，飞过去扑打；孙悟空一看大事不妙，变成一只大鹚老冲天而去，二郎神马上变成海鹤追上云霄；孙悟空俯冲下来，淬入水中变成一条小鱼，二郎神接踵而至变成鱼鹰飘荡在水波上；孙悟空只好变成一条水蛇游近岸钻入草中，二郎神追过去变成了一只朱绣顶的灰鹤，伸着长嘴来吃水蛇；孙悟空急忙变成一只花鸨，露出一副痴呆样子，立在长着蓼草的小洲上。这时候草根和贵族的区别出来了，身为贵族阶层的二郎神看见草根阶层的孙悟空变得如此低贱，因为花鸨是鸟中最贱最淫之物，不愿再跟着变换形象，于是现出自己的原身，取出弹弓，拽满了，一个弹子将孙悟空打了一个滚。

这一笔看似随意，却十分重要，显示出了叙述者在其想象力飞翔的时候，仍然对现实生活明察秋毫。对于出身草根的孙悟空来说，变成什么不重要，重要的是达到自己的目的；贵族出身的二郎神就不一样，在变成飞禽走兽的时候，必须变成符合自己贵族身份的动物。不像孙悟空那样，可以变成花鸨，甚至可以变成一堆牛粪。

在这个章节的叙述里，无论孙悟空和二郎神各自变成了什么，吴承恩都是故意让他们露出破绽，从而让对方一眼识破。孙悟空被二郎神一个弹子打得滚下了山崖，伏在地上变成了一座土地庙，张开的嘴巴像是庙门，牙齿变成门扇，舌头变成菩萨，眼睛变成窗棂，可是尾巴不好处理，只好匆匆变成一根旗杆，竖在后面。没有庙宇后面竖立旗杆的，这又是一个破绽。

孙悟空和二郎神变成动物后出现的破绽，一方面可以让故事顺利发展，正是变形后不断出现的破绽，才能让二者之间的激战不断持续；另一方面也揭示了文学叙述里的一个准则，或者说是文学想象的一个准则，那就是洞察力的重要性。通过文学想象叙述出来的变形，总是让变形的和原本的之间存在着差异，这差异就是想象力留给洞察力的空间。这个由想象留出来的空间通常十分微小，而且瞬间即逝，只有敏锐的洞察力可以去捕捉。

阅读的经历告诉我们，无论是神话和传说的叙述，还是超现实和荒诞的叙述，文学的想象在叙述变形时留出来的差异，经常是故事的重要线索，在这个差异里诞生出下一个引人入胜的情节，而且这下一个情节仍然会留出差异的空间，继续去诞生新的隐藏着差异的情节，直到故事结尾的来临。

在希腊的神话和传说里，伊俄的故事是一个很好的例子。美丽的伊俄有一天在草地上为她父亲牧羊的时候，被好色之徒宙斯看上了，宙斯变形成一个男人，用甜美的言语挑逗引诱她，伊俄恐怖地逃跑，跑得像飞一样快，也跑不出宙斯的控制。这时宙斯之妻、诸神之母赫拉出现了，经常被丈夫背叛的赫拉，始终以顽强的疑心监视着宙斯。宙斯预先知道赫拉赶来了，为了从赫拉的嫉恨中救出伊俄，宙斯将美丽的少女变形成了一头雪白的小母牛，打算蒙混过关。赫拉一眼识破了丈夫的诡计，夸奖起小母牛的美丽，提出要求，希望宙斯将这头雪白美丽的小母牛作为礼物送给她。这时的原文是这样写的："欺骗遇到了欺骗。"宙斯尽管不愿失去光艳照人的伊俄，可是害怕赫拉的嫉恨会像火焰一样爆发，从而毁灭他的小情人，宙斯只好暂时将小母牛送给了他的妻子。

伊俄的悲剧开始了，赫拉把这个情敌交给了百眼怪物阿耳戈斯看管。阿耳戈斯睡眠的时候，只闭上两只眼睛，其他的眼睛都睁开着，在他的额前脑后像星星一样发着光。赫拉命令阿耳戈斯将伊俄带到天边，离开宙斯越远越好。伊俄跟着阿耳戈斯浪迹天涯，白天吃着苦草和树叶，饮着污水；晚上脖颈锁上沉重的锁链，躺在坚硬的地上。

"小母牛的心怀着人类的悲哀，在兽皮下跳跃着。"叙述的差异出现了，变形的小母牛和原本的小母牛之间的差异，就是在伊俄变形为小母牛后随时显示出人的特征。可怜的伊俄常常忘记自己不再是人类，她要举手祷告时，才想起来自己没有手。她想以甜美感人的话向百眼怪物祈求时，发出的却是牛犊的鸣叫。关于伊俄命运的叙述不断地出现这样的差异，如同阶梯一样级级向上，叙述时接连出现的差异将伊俄的命运推向了悲剧的高潮。

变形为小母牛的伊俄在百眼怪物阿耳戈斯的监管下游牧各地，多年后她来到了自己的故乡，来到她幼时常常嬉游的河岸。故事的讲述者这时候才让她第一次看到自己变形以后的模样，"当那有角的兽头在河水的明镜中注视着她，她在战栗的恐怖中逃避开自己的形象"。母牛的形象和人的感受之间的差异产生了悲剧，而且是在象征她昔日美好生活的河岸上产生的。

叙述的差异继续向前，伊俄充满渴望地走向了她的姐妹和父亲，可是她的亲人都不认识她，感人至深的情景来到了。父亲伊那科斯喜爱这头雪白的小母牛，抚摸拍打着她光艳照人的身躯，从树上摘下树叶给她吃。"但当这小母牛感恩地舐着他的手，用亲吻和人类的眼泪爱抚他的手时，这老人仍猜不出他所抚慰的是谁，也不知道谁在向他感恩。"

历经艰辛的伊俄仍然保持着人类的思想，没有因为变形而改变，她用小母牛的蹄弯弯曲曲地在沙上写字，告诉父亲她是谁。多么美妙的差异叙述，准确的母牛的动作描写，蹄弯弯曲曲，写下的却是人类的字体。正是变形后仍然保持着人类的情感和思想，使伊俄与原本的真正母牛之间出现了一系列的差异，这一系列的差异成为叙述的纽带，最后的高潮也产生于差异中。当伊俄弯弯曲曲地用蹄在沙地上写字时，读者所感叹的已经不是作者的想象力，而是作者的洞察力了。在这个故事里，如果说想象力制造了叙述的差异，那么盘活这一系列叙述差异的应该是洞察力。

伊俄的父亲立刻明白了站在面前的是自己的孩子。"多悲惨呀！"老人惊呼起来，抱住他的呜咽着的女儿的两角和脖颈，"我走遍全世界寻找你，却发现你是这个样子！"

伊俄变形的故事让我们更多地获得这样的感受，在小母牛的躯体里，以及小母牛的动作和声音里，人类的特征如何在挣扎。在波兰作家布鲁诺·舒尔茨的变形故事里，曾经精确地表达了人变形为动物以后的某些动物特征。

和《希腊的神话和传说》的作者斯威布一样，也和《西游记》的作者吴承恩一样，舒尔茨的变形故事的叙述纽带也是一系列差异的表达。布鲁诺·舒尔茨笔下的父亲经常逃走，又经常回来，而且是变形后回来。当父亲变形为螃蟹回到家中后，虽然他已经成为人的食物，可是仍然要参与到一家人的聚餐里，每当吃饭的时候，他就会来到餐室，一动不动地停留在桌子下面，"尽管他的参与完全是象征性的"。与伊俄变形为小母牛一样，这个父亲变形为螃蟹后，仍然保持着过去岁月里人的习惯。虽然他拥有了十足的螃蟹形象和螃蟹动作，可是差异叙述的存在让他作为人的特征时隐时现。当他被人踢了一脚后，就会"用加倍的速度像闪电似的、锯齿形地跑起来，好像要忘掉他不体面地摔了一跤这个回忆似的"。螃蟹的逃跑和人的自尊在叙述里同时出现，可以这么说，文学作品中的差异叙述和音乐里的和声是异曲同工。

现在我们应该欣赏一下布鲁诺·舒尔茨变形故事里精确的动物特征描写，这是一个胆大的作家，他轻描淡写之间，就让母亲把作为螃蟹的父亲给煮熟了，放在盆子里端上来时"显得又大又肿"，可是一家人谁也不忍心对煮熟的螃蟹父亲动上刀叉，母亲只好把盆子端到起居室，又在螃蟹上盖了一块紫天鹅绒。然后布鲁诺·舒尔茨显示了其想象力之后非凡的洞察力，几个星期以后他让煮熟的螃蟹父亲逃跑了。"我们发现盆子空了，一条腿横在盆子边上……"布鲁诺·舒尔茨将螃蟹煮熟后容易掉腿的动物特征描写得淋漓尽致，他感人至深地描写了父亲逃跑时腿不断脱落在路上，最后这样写："他靠着剩下的精力，拖着自己到某一个地方去，去开始一种没有家的流浪生活；从此以后，我们没有再见到他。"这篇小说题为《父亲的最后一次逃走》。

今天关于文学作品中想象的演讲到此为止，有关想象的话题远远没有结束，今天仅仅是开始。我之所以选择"飞翔和变形"作为第一个话题，是因为二者都是大幅度地表达了文学的想象力，或者说都是将现实生活的不可能和不合情理，变成了文学作品中的可能与合情合理。当然大幅度表达文学想象力的不仅仅是飞翔和变形，还有人死了以后如何复活。如果以后有机会的话，我乐意继续讨论。这是我第二次来到延世大学，我以后还会回来，当我回来的时候，随身携带的演讲题目应该是《生与死，死而复生》。

二〇〇七年五月二十八日

第12课

生与死，死而复生

—— 关于文学作品中的想象之二

去年九月里的一个早晨,我走在德国杜塞尔多夫的老城区时,突然看见了海涅故居。此前我并不知道海涅故居在此,在临街的联排楼房里,海涅故居是黑色的,而它左右的房屋都是红色的,海涅的故居比起它身旁已经古老的房屋显得更加古老。仿佛是一张陈旧的照片,中间站立的是过去时代里的祖父,两旁站立着过去时代里的父辈们。我的喜悦悄然升起,这和知道有海涅故居再去拜访所获得的喜悦不一样,因为我得到的是意外的喜悦。事实上我们一直生活在意外之中,只是太多的意外因为微小而被我们忽略。为什么有人总是赞美生活的丰富多彩?我想这是因为他们善于品尝生活中随时出现的意外。

今天我之所以提起这个一年前的美好早晨,是因为这个杜塞尔多夫的早晨让我再次回到了自己的童年,回到了我在医院里度过的童年。

当时的中国有一个比较普遍的现象,就是城镇的职工大多是居住在单位里,比如我的父母都是医生,于是医生护士们的宿舍楼和医院的病房挨在一起,我和我哥哥是在医院里长大的。我长期在医院的病区里游荡，习惯了来苏儿的气味，我小学时的很多同学都讨厌这种气味，我倒是觉得这种气味不错。

我父亲是一名外科医生，当时医院的手术室只是一间平房，我和哥哥经常在手术室外面玩耍，经常看到父亲给病人做完手术后，口罩上和手术服上满是血迹地走出来。离手术室不远有一个池塘，护士经常提着一桶病人身上割下来的血肉模糊的东西从手术室出来，走过去倒进池塘里。到了夏天，池塘里散发出了阵阵恶臭，苍蝇密密麻麻像是一张纯羊毛地毯盖在池塘上面。

那时候医院的宿舍楼里没有卫生设施，只有一个公用厕所在宿舍楼的对面，厕所和医院的太平间挨在一起，只有一墙之隔。我每次上厕所时都要经过太平间，朝里面看上一眼，里面干净整洁，只有一张水泥床。在我的记忆里，那地方的树木比别处的树木茂盛，可能是太平间的原因，也可能是厕所的原因。那时的夏天极其炎热，我经常在午睡醒来后，看到汗水在草席上留下自己完整的体形。我在夏天里上厕所时经过太平间，常常觉得里面很凉爽。我是在中国的"文革"里长大的，当时的教育让我成为一个彻底的无神论者，我不相信鬼的存在，也不怕鬼。有一天中午我走进了太平间，在那张干净的水泥床上躺了下来。从此以后我经常在炎热的中午，进入太平间睡午觉，感受炎热夏天里的凉爽生活。

这是我的童年往事，成长的过程有时候也是遗忘的过程，我在后来的生活中完全忘记了这个童年的经历，在夏天炎热的中午，躺在太平间象征着死亡的水泥床上，感受着活生生的凉爽。直到有一天我偶尔读到了海涅的诗句，他说："死亡是凉爽的夜晚。"然后这个早已消失的童年记忆，瞬间回来了，而且像是刚刚被洗涤过一样的清晰。海涅写下的，就是我童年时在太平间睡午觉时的感受。然后我明白了：这就是文学。

这可能是我最初感受到的来自死亡的气息，隐藏在炎热里的凉爽气息，如同冷漠的死隐藏在热烈的生之中。我总觉得自己现在的经常性失眠与童年的经历有关，我童年的睡眠是在医院太平间的对面，常常是在后半夜，我被失去亲人的哭声惊醒。我聆听了太多的哭声，各种各样的哭声，男声女声，男女混声；有苍老的，有年轻的，也有稚气的；有大声哭叫的，也有低声抽泣的；有歌谣般动听的，也有阴森森让人害怕的……哭声各不相同，可是表达的主题是一样的，那就是失去亲人的悲伤。每当夜半的哭声将我吵醒，我就知道又有一个人纹丝不动地躺在对面太平间的水泥床上了。一个人离开了世界，一个活生生的人此后只能成为一个亲友记忆中的人。这就是我的童年经历，我从小就在生的时间里感受死的踪迹，又在死的踪迹里感受生的时间。夜复一夜地感受，捕风捉影地感受，在现实和虚幻之间左右摇摆地感受。太平间和水泥床是实际的和可以触摸的，黑夜里的哭声则是虚无缥缈的，与我童年的睡梦为伴，让我躺在生的边境上，聆听死的喃喃自语。在生的炎热里

105

寻找死的凉爽，而死的凉爽又会散发出更多生的炎热。

我想，这就是生与死。在此前的《飞翔和变形》里，我举例不少，是为了说明文学作品中想象力和洞察力唇齿相依的重要性，同时也为了说明文学里所有伟大的想象都拥有其现实的基地。现在这篇《生与死，死而复生》，我试图谈谈想象力的长度和想象力的灵魂。

生与死，是此文的第一个话题。正如我前面所讲述的那样，杜塞尔多夫的海涅故居如何让我回到了自己的童年，一件已经被遗忘的往事如何因为海涅的诗句变成刻骨铭心的记忆，这个记忆又如何不断延伸和不断更新。周而复始，永无止境。这个关于生与死的例子，其实要表述的可能是想象力里面最为朴素也是最为普遍的美德——联想。联想的美妙在于其绵延不绝，犹如道路一样，一条道路通向另一条道路，再通向更多的道路，有时候它一直往前，有时候它会回来。当然它会经常拐弯，可是从不中断。联想所表达出来的，其实就是想象力的长度，而且是没有尽头的长度。

马塞尔·普鲁斯特是这方面的行家，他说："只有通过钟声才能意识到中午的康勃雷，通过供暖装置所发出的哼声才意识到清早的堂西埃尔。"没有联想，康勃雷和堂西埃尔如何得以存在？当他出门旅行，入住旅馆的房间时，因为墙壁和房顶涂上海洋的颜色，他就感觉到空气里有咸味；当某一个清晨出现，他在自己的卧室里醒来，看到阳光从百叶窗照射进来，就会感到百叶窗上插满了羽毛；当某一个夜晚降临，他睡在崭新的绸缎枕头上，光滑和清新的感觉油然升起时，他突然感到睡在了自己童年的脸庞上。

我曾经多次说过这样的话，如果文学里真的存在某些神秘的力量，那就是让我们在属于不同时代、不同民族、不同文化和不同环境的作品里读到属于自己的感受。文学就是这样的美妙，某一个段落、某一个意象、某一个比喻和某一个对话等，都会激活阅读者被记忆封锁的某一段往事，然后将它永久保存到记忆的"文档"和"图片"里。同样的道理，阅读文学作品不仅可以激活某个时期的某个经历，也会激活更多时期的更多经历。而且，一个阅读还可以激活更多的阅读，唤醒过去阅读里的种种体验，这时候阅读就会诞生另外一个世界，出现另外一条人生道路。这就是文学带给我们的想象力的长度。

想象力的长度可以抹去所有的边界：阅读和阅读之间的边界，阅读和生活之间的边界，生活和生活之间的边界，生活和记忆之间的边界，记忆和记忆之间的边界……生与死的边界。

生与死，这是很多伟大文学作品乐此不疲的主题，也是文学的想象力自由驰骋之处。与前面讨论的文学作品中的飞翔和变形有所不同，生与死之间存在着一条秘密通道，就是灵魂。因此在文学作品中表达生与死、死而复生时，比表达飞翔和变形更加迅速。我的意思是说：有关死亡世界里的万事万物，我们早已耳濡目染，所以我们的阅读常常无须经过叙述铺垫，就可直接抵达那里。

一个人和其灵魂的关系,有时候就是生与死的关系。这几乎是所有不同文化的共识,有所不同的也只是表述的不同。而且万事万物皆有灵魂,艺术更是如此。当我们被某一段音乐、某一个舞蹈、某一幅画作、某一段叙述深深感动之时,我们就会忍不住发出这样的感叹:这是有灵魂的作品。

中国有五十六个民族,有关灵魂的表述各不相同,有时候即便是同一个民族,因为历史、地理和文化等诸多方面的差异,表述的差异也是显而易见。然而万变不离其宗,当一个人的灵魂飞走了,那么也就意味着这个人死去了。

在汉族看来,每个人都有一个灵魂。如果这个人印堂变暗,脸色发黑,这是死亡的先兆;如果这个人遭遇婴儿的害怕躲闪,也是死亡的先兆,因为婴儿的眼睛干净,看得见这个人灵魂出窍。诸如此类的表述在汉族这里层出不穷,而且地域不同表述也是不同。很多地方的人死后入殓前,脚旁要点亮一盏油灯,这是长明灯,因为阴间的道路是黑暗的。如果是富裕人家,入殓时头戴一顶镶着珍珠的帽子,珍珠也是长明灯,为死者在阴间长途跋涉照明。

生活在云南西北部的独龙族认为每个人拥有两个灵魂,第一个灵魂是与生俱有的,其身材相貌和性格,还有是否聪明和愚蠢都和人一样。而且和人一样穿衣打扮,人换衣时,灵魂也换衣。只有在人睡眠之时有所不同,因为灵魂是不睡觉的,这时候它离开了人的身体，外出找乐子去了。独龙人对梦的解释很有意思，他们认为人在梦中所见所为，都是不睡觉的灵魂干出来的事情。当人死后，第二个灵魂出现了，这是一个贪食酒肉的灵魂，所以滞留人间，不断地要世人供吃供喝（祭品）。

在云南的阿昌族那里，每个人有三个灵魂。人死后三个灵魂分工不同，一个灵魂被送到坟上，于清明节祭扫；一个灵魂供在家里；一个灵魂送到鬼王那里。这第三个灵魂将沿着祖先迁来的道路送回去，到达鬼王那里报到后，就会回到祖先的身旁。

灵魂演绎出来了无数的阐释与叙述，也提供了不少就业机会，巫师巫婆们、作家诗人们等等，皆因此来养家糊口。如同中国古老的招魂术，在古代的波斯、希腊和罗马曾经流行死灵术。巫师们身穿从死人身上扒下来的衣服，沉思着死亡的意义，来和死亡世界沟通。与中国的巫婆跳大神按劳所得一样，这些死灵师召唤亡魂也是为了挣钱。死灵师受雇于那些寻找宝藏的人，他们相信死后的人可以无所不知无所不见。招魂仪式通常是在人死后十二个月进行，按照古代波斯人、希腊人和罗马人的见解，人死后最初的十二个月里，其灵魂对人间恋恋不舍，在墓地附近徘徊不去，所以从这些刚死之人那里打听不出什么名堂。当然，太老的尸体也同样没用。死灵师认为，过于腐烂的尸体是不能清楚回答问题的。

有关灵魂的描述多彩多姿，其实也是想象力的多彩多姿。

不管在何时何地，想象都有一个出发地点，然后是一个抵达之处。这就是我在前一篇《飞翔和变形》里所强调的现实依据，同时也可以这么认为：想象就是从现实里爆发出来的渴望。死灵师不愿意从太烂的尸体那里去召唤答案，这个想象显然来自人老之后记忆的逐渐丧失。汉族认为阴间是黑暗的，是因为黑夜的存在；独龙人巧妙地从梦出发，解释了那个与生俱有并且如影随形的灵魂；阿昌族有关三个灵魂的理论，可以说是表达了所有人的愿望。坟墓是必须去的地方，家又不愿舍弃，祖先的怀抱又是那么地温暖。怎么办？阿昌族慷慨地给予我们每人三个灵魂，让我们不必为如何取舍而发愁。

古希腊人说阿波罗的灵魂进入了一只天鹅，然后就有了后面这个传说，诗人的灵魂进入了天鹅体内。这真是一个迷人的景象，当带着诗人灵魂的天鹅在水面上展翅而飞时，诗人也就被想象的灵感驱使着奋笔疾书，伟大的诗篇在白纸上如瀑布般倾泻下来。如果诗人绞尽脑汁也写不出一个字来，那么保存他灵魂的天鹅很可能病倒了。

这个传说确实说出了文学和艺术里经常出现的奇迹，创作者在想象力发动起来，并且高速前进后起飞时，其灵魂可能去了另外一个地方。有点像独龙人睡着后，他们的灵魂外出找乐子那样。根据我自己的写作经历，我时常遇到这样美妙的情景，当我的写作进入某种疯狂状态时，我就会感到不是我在写些什么，而是我被指派在写些什么。我不知道自己当时的灵魂是不是进入了一只天鹅的体内,我能够确定的是,我的灵魂进入了想象的体内。

为什么我们经常在一些作品中感受到了想象的力量,而在另外一些作品中却没有这样的感受。我想,并不是后者没有想象,是因为后者的想象里没有灵魂。有灵魂的想象会让我们感受到独特和惊奇的气息,甚至是怪异和骇人听闻的气息,反过来没有灵魂的想象总是平庸和索然无味。如果我们长期沉迷在想象平庸的作品的阅读之中,那么当有灵魂的想象扑面而来时,我们可能会害怕会躲闪,甚至会愤怒。我曾经说过,一个伟大的作者应该怀着空白之心去写作,一个伟大的读者应该怀着空白之心去阅读。只有怀着一颗空白之心,才可能获得想象的灵魂。就像中国汉族的习俗里所描述的那样,婴儿为什么能够看见灵魂从一个行将死去的人的体内飞走,因为婴儿的眼睛最干净。只有干净的眼睛才能够看见灵魂,无论是写作还是阅读,都是如此。被过多的平庸作品弄脏了的阅读和写作,确实会看不见伟大作品的灵魂。

人们经常说,第一个将女人比喻成鲜花的是天才,第二个是庸才,第三个是蠢材,我不知道第四个以后会面对多少难听的词汇。比喻的生命是如此短促,第一个昙花一现后,从第二个开始就成为想象的陈词滥调,成为死灵师不屑一顾的太烂的尸体,那些已经不能够清楚回答问题的尸体。然而不管是第几个,只要将美丽的女性比喻成鲜花的,我们就不能说这样的比喻里没有想象，毕竟这个比喻将女性和鲜花连接起来了，可是为什么我们感受不到想象的存在？因为这样的比喻已经是腐烂的尸体，灵魂早已飞走。如果给这具腐烂的尸体注入新的灵魂，那么情况就会完全不同。马拉美证明了在第三个以后，将女人比喻成鲜花的仍然可能是天才。看看他是怎么干的，他为了勾引某位美丽的贵夫人，献上了这样的诗句："每朵花梦想着雅丽丝夫人。"

马拉美告诉我们，什么才是有灵魂的想象力。别的人也这样告诉我们，比如那个专写性爱小说的劳伦斯。我曾经好奇，他为何在性爱描写上长时间地乐此不疲？我不是要否认性爱的美好，这种事写多了和干多了其实差不离，总应该会有疲乏的时候。直到有一天，我读到了劳伦斯的一段话，大意是这样的：他认为女人之所以美丽，是因为她们身上散发着浓郁的性；女人逐渐老去的过程，不是脸上皱纹越来越多，而是她们身上的性正在逐渐消失。劳伦斯的这段话让我理解了他的写作，为什么他一生都在性爱描写上面津津乐道？因为他的想象力找到了性的灵魂。

这两个都是生的例子，现在应该说一说死了。让我们回到古希腊，回到天鹅这里。传说天鹅临终时唱出的歌声是最为优美动听的，于是就有了西方美学传统里的"最后的作品"，在中国叫"绝唱"。

"最后的作品"或者"绝唱"，可以说是所有文学艺术作品中，最能够表达出死亡的灵魂，也是想象力在巍峰时刻向我们出示了人生的意义。在这样的时刻，我们仿佛看到死亡的灵魂在巍峨的群山之间，犹如日落一样向我们挥手道别。我们经常读到这样的篇章，某种情感日积月累无法释放，在内心深处无限膨胀后沉重不堪，最后只能以死亡的方式爆发。恨，可以这样；爱，也能如此。我们读到过一个美丽的少女，如何完成她仇恨的绝唱《死亡之吻》。为报杀父之仇，她在嘴唇上涂抹了毒药，勾引仇人接吻，与仇人同归于尽。在《红字》里，我们读到了爱的绝唱。海丝特未婚生下了一个女儿，她拒绝说出孩子的父亲，胸前永久戴上象征通奸耻辱的红A字。孩子的父亲丁梅斯代尔，一个纯洁的年轻人，也是教区人人爱戴的牧师，因为海丝特的忍辱负重，让他在内心深处经历了七年的煎熬，最后在"新英格兰节日"这一天终于爆发了。他进行了自己生命里最后一次演讲，但他"最后的作品"不是布道，而是用音乐一般的声音，热情和激动地表达了对海丝特的爱，他当众宣布自己就是那个孩子的父亲。他释放了自己汹涌澎湃的爱之后，倒在了地上，安静地死去了。

　　二十多年前，我在中国南方的一个小镇图书馆里翻阅笔记小说，读到过一个惊心动魄的死亡故事。由于年代久远，我已经忘记这个故事的出处，只记得有一只鸟，生活在水边，喜欢看着自己在水中的倒影翩翩起舞，其舞姿之优美，令人想入非非。皇帝听说了这只鸟，让人将它捉来宫中，给予贵族的生活，每天提供山珍海味，期望它在宫中一展惊艳舞姿。然而习惯乡野水边生活的鸟，来到宫中半年从不起舞，而且形容日渐憔悴。皇帝十分生气，以为这只鸟根本就不会跳舞。这时有大臣献言，说这鸟只能在水边看到自己的身影时才会起舞。大臣建议搬一面铜镜过来，鸟一旦看见自己的身影就会立刻起舞。皇帝准许，铜镜搬到了宫殿之上。这只鸟在铜镜里看到自己后，果然翩翩起舞了。半年没有看到自己的身影和半年没有跳舞的鸟，似乎要把半年里面应该跳的所有舞蹈一口气跳完，它竟然跳了三天三夜，然后倒地气绝身亡。

在这个"最后的作品"，或者说"绝唱"里，我相信没有读者会在意所谓的细节真实性：一只鸟持续跳舞三天三夜，而且不吃不睡。想象力的逻辑在这里其实是灵魂的逻辑，一只热爱跳舞胜过生命的鸟，被禁锢半年之后，重获自由之舞时，舞蹈就如熊熊燃烧的火焰，而且是焚烧自己的火焰，最后的结局必然是"气绝身亡"。为什么这个死亡如此可信和震撼，因为我们看到了想象力的灵魂在死亡叙述里如何翩翩起舞。

我不能确定在欧洲源远流长的"黄金律"是否出自毕达哥拉斯学派，我只是觉得用"黄金分割"的方法有时候可以衡量出想象力的灵魂。现在我们进入了本次讨论的最后一个话题——死而复生。

我们读到过很多死而复生的故事，这些故事有一个共同的规律，就是在复生时总要借助些什么。在《封神演义》里，那个拆肉还母、拆骨还父的哪吒，死后其魂魄借助莲花而复生；《搜神记》里的唐父喻借助王道平哭坟而复生；《白蛇传》的许仙借助吃灵芝草复生；杜丽娘借助婚约复生；颜畿借助托梦复生；还有借助盗墓者而复生。

然而令我印象深刻的例子还是来自法国的尤瑟纳尔，尽管这个例子在我此前的文章里已经提到过。尤瑟纳尔在一个关于中国的故事里，写下了画师王佛和他的弟子林的事迹。里面死而复生的片段属于林，林的脑袋在宫殿上被皇帝的侍卫砍下来以后，没过多久林的脑袋又回到了他的脖子上，林站在一条逐渐驶近的船上，在有节奏的荡桨声里，船来到了师傅王佛的身旁。林将王佛扶到了船上，还说出了一段优美的话语，他说："大海真美，海风和煦，海鸟正在筑巢。师傅，我们动身吧，到大海彼岸的那个地方去。"尤瑟纳尔在这个片段里令人赞叹的一笔，是在林的脑袋被砍下后重新回到原位时的一句描写，她这样写："他的脖子上却围着一条奇怪的红色围巾。"这一笔使原先的林和死而复生的林出现了差异，也就出现了比例。不仅让叙述合理，也让叙述更加有力。我要强调的是，这条红色围巾在叙述里之所以了不起，是因为它显示了生与死的比例关系，正是这样完美的比例出现，死而复生才会如此不同凡响。我们可以将红色围巾理解为血迹的象征，也可以理解为更多的不可知。这条可以意会很难言传的红色围巾，就是衡量想象力的"黄金律"。红色围巾使这个本来已经破碎的故事重新完成了构图，并且达到了自然事物的最佳状态。如果没有红色围巾这条黄金分割线，我们还能在这个死而复生的故事里看到想象力的灵魂飘然而至吗？

二〇〇七年九月二十六日

第13课

要让每个细节出现在自己的位置上

写作课：欧·亨利《麦琪的礼物》

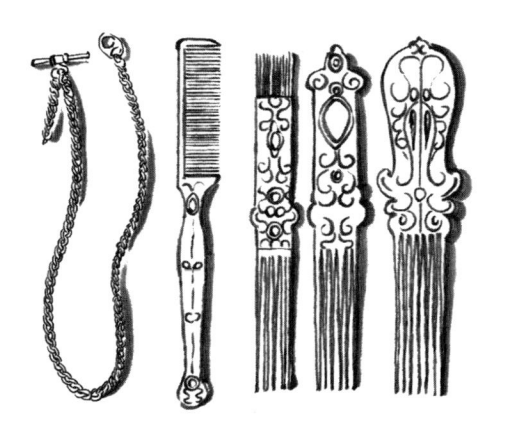

余华文学课：九岁的委屈和九十岁的委屈

今天讲的是欧·亨利的《麦琪的礼物》，我知道这篇小说时十八九岁，那时候"文革"刚刚结束，被禁止的西方文学名著纷纷回来，欧·亨利就走在他们中间。

欧·亨利的几篇著名作品——《麦琪的礼物》《最后一片叶子》《警察与赞美诗》，你们可能很小的时候就读过了，比我读的时候更小。他的作品里有着令人难忘的虔诚，教徒般的虔诚，他在写作的时候是很虔诚的，但是在生活中他未必虔诚。他做过很多工作，欧·亨利这个笔名是他在坐牢的时候找到的，在一本法国人写的药用手册上找到的，那个作者的名字叫艾蒂安·欧西安·亨利。他原本姓波特，他在银行工作的时候因为贪污逃到了洪都拉斯，一两年以后，他妻子病重，他才回来，然后坐牢，判了五年，他因为表现好，提前释放。

他在监狱里开始写小说，他妻子因病去世了，是为了养活在外面孤苦伶仃的女儿，也不一定写小说，确切说是写作，给一些报纸写不同的文章。他的作品和他这个人很不一样。

不像昆汀·塔伦蒂诺，昆汀这个人和他的电影差不多。一个导演给我说过昆汀的故事,说他跟他的电影一样混蛋,当时刚好是电影《无耻混蛋》放映的时候。那位导演说,我给你讲个故事,昆汀有一次带着他的女朋友和他的一个朋友吃饭,他朋友也带上自己的女朋友,就是两个朋友带上各自的女朋友一起吃饭,结果昆汀跟他朋友的女朋友因为什么事情争执起来,争到最后昆汀一拳打了过去,打在一位小姐的脸上。至于小姐脸上的损伤程度有多大,那位导演没有告诉我,我还很好奇地问他,有没有把门牙打掉,他说不知道。然后这位小姐就去法院起诉他,要他赔偿,后来他们私了,毕竟是朋友,他连朋友的女朋友都不放过,生气了就一拳过去,最后双方的律师出面,私了,赔偿了一百万美金。我听说这一拳是一百万美金,我说终于理解了中文里的"重拳出击",这确实是重拳出击。所以昆汀跟他的电影比较符合,欧·亨利与他的作品是相反的,欧·亨利在生活中不虔诚。

现在回到小说。所有的故事都是有起因的,很多时候故事的起因会成为叙述的重点,围绕这个起因去写,集中写或者展开写,就像协奏曲,主题通常是由钢琴、小提琴或者大提琴表达出来,乐队围绕着它们,经过、呈现、发展。《麦琪的礼物》就是这样,起因是圣诞礼物,叙述紧紧围绕着圣诞礼物推进,是集中去写的。

这个故事上来第一句话就是"一块八毛七",其中的六毛是小硬币凑成的,这些小硬币是黛拉买东西时讨价还价一分两分省出来的,黛拉数了三遍,仍然是一块八毛七。这个开头讲述了这个家庭困顿的生活状况,这个很重要,有了这样的开头,黛拉和吉姆给对方买圣诞礼物的艰难既合理又动人。大家都知道这个故事,黛拉卖掉她珍爱的美丽长发,给吉姆买了配得上他那块金表的白金表链,而吉姆卖掉金表给黛拉的长发买了一套精美的梳子。

欧·亨利为了让他的故事能够顺利地深入人心,开篇不久专门列出一个段落来写这个家庭有两件让这对夫妻引以为荣的东西,吉姆的金表和黛拉的长发,金表是祖传的,祖父传给父亲,父亲传给吉姆,祖传意味着珍贵。长发象征了难以置信的美丽,欧·亨利这样写道:"倘若示巴女王住在风井对面的套间里,黛拉哪天洗完头后把头发甩到窗外去晾干,也会让她的一切珠宝和饰物相形见绌。"贺拉斯也用金银财宝去形容女性美丽的头发,他曾经写道:"阿拉伯金碧辉煌堆满财宝的宫殿,在你眼里怎抵丽西尼的一根头发?"

也许这是西方文学的一个嗜好,中国的古典文学里没有这样的嗜好,我们读到关于美丽头发描述时,无论是整齐的还是松散的,甚至是凌乱的,呈现出来的美都与金银财宝没什么关系。

即使是那块金表,欧·亨利也要用财宝去形容:"倘若所罗门国王当上一名守门人,他的全部财宝都堆放在地下室里,吉姆每次经过时掏出他的怀表来看看就会让他嫉妒地直扯自己的胡子。"

欧·亨利这样写的目的就是要告诉读者，金表和长发对于这个家庭是多么珍贵，差不多是至高无上的珍贵了，当黛拉和吉姆分别卖掉它们，买了搭配它们又没有搭配上的圣诞礼物后，这个关于爱的故事确实深入人心了。

昆汀的《低俗小说》里也有关于金表的表述，金表在这部电影里是一条线索。克里斯多弗·沃肯演的昆斯上尉在房间里走向童年时的布奇，镜头有点变形，昆斯上尉递过去金表时讲述了金表的来历，布奇的曾祖父戴着这块金表参加了第一次世界大战安全回来，金表给了布奇的祖父，祖父戴着它参加第二次世界大战，死前请战友带回美国交给布奇的父亲，父亲参加越战，被俘虏，父亲每天都把金表塞进屁眼，塞了五年，父亲死后，昆斯上尉在自己屁眼里塞了两年。克里斯多弗·沃肯演的昆斯上尉讲述金表在两个人屁眼里塞了七年，神情和语气极其庄重。

这是两个文本的差异，如果欧·亨利在讲述金表时加上塞进屁眼的经历，那就亵渎了《麦琪的礼物》，《麦琪的礼物》有着宗教的虔诚。反过来也一样，如果用欧·亨利讲述金表来历的优雅语句放到《低俗小说》里，会十分别扭，不符合昆汀电影那股歪门邪道的劲头。

前面说过欧·亨利的作品有着让人感动的虔诚，但生活中的欧·亨利一点不虔诚，生活中的昆汀倒是与他的电影气味接近。

《麦琪的礼物》是从黛拉的角度讲述的，所以叙述的主动要点在黛拉这里，你们要知道在叙述里有主动要点和被动要点，这是我发明的词汇，吉姆的要点就是面对黛拉的言行作出反应，属于叙述的被动要点。黛拉的第一个要点是她如何意识到可以卖掉自己的美丽长发，这是很重要的，于是第一个要点出来了。小说开始，欧·亨利把他们家庭经济状况的困顿已经描写好了，包括他们过去，包括信箱——信箱也没有放过。这是铺垫，不是要点，故事真正开始之后，第一个要点就是黛拉如何想到卖掉自己的美丽长发，之前黛拉只是想给吉姆买一个礼物，但是钱不够，她知道用一块八毛七给亲爱的丈夫买一个礼物是不够的，她希望能够买一个更好的礼物，具体什么礼物她当时不知道。

你们都知道这个故事，黛拉是把她的长发卖了，长发卖了以后她才看到那条表链。这个故事第一个要点就是黛拉是如何想到要把她的长发卖了，欧·亨利用了一个简单的方法，他轻而易举渡过了第一个要点，这跟欧·亨利的写作目标有关系，别的作家可能会在第一个要点反复思考，应该这样或者那样，对欧·亨利来说这个不难，因为欧·亨利热衷于把小说的重要点放在结尾，这是作家与作家写作目标的不同。欧·亨利在这里借用了镜子，一个狭窄房间里的狭长镜子，而且欧·亨利已经简洁到了什么程度，他都不愿意多写几句描述，如果换成别的作家可能会让黛拉在走过镜子——那个房间很小,镜子随时可见——黛拉在无意中走过镜子的时候先是注意到自己的长发,之后想到可以卖掉,连这样的描写他都不愿意,他直接的一句话就是:"她突然从窗前转过身子站在镜子面前。"这就是欧·亨利,对他来说这里不是重要的地方,不用花费过多的笔墨。

接下去欧·亨利让黛拉的头发在镜子前面披散下来,又飞快地将头发整理好,而且欧·亨利描写她的动作是神经质,这是好作家的特点,当黛拉面对镜子注意长发的时候,欧·亨利写得很快,但在后面,黛拉决定把自己的头发卖掉的时候,又写得慢了,因为欧·亨利喜欢把重点放在后面。有些作家喜欢在前面写充分,后面可以顺畅地过去,有些作家前面只写一句,后面再充分去写,欧·亨利是属于后者。

这中间欧·亨利描写了黛拉情绪的变化,从眼睛闪亮到面孔陡然失色,还踌躇了一会儿,掉下一两滴眼泪。这是必要的,如果黛拉在自己头发披散下来的那一刻毫不犹豫地决定卖掉的话,前面有关头发多么珍贵的描写也就枉费心机了,而且还会减弱结尾的动人。欧·亨利继续他简洁的描写,让黛拉把头发卖给有各类毛发商品的索弗罗尼夫人。下面的对话看似平淡,实质精彩,我把这段对话抄了下来,给你们念一下。黛拉来到经营各类毛发商品的夫人那里,两个人发生了这段对话:

"你愿意买我的头发吗?"黛拉问。

"我买头发。"夫人说,"脱掉帽子,让我瞧瞧是什么模样。"

棕色的瀑布摇曳而下。

"二十块钱。"夫人说,一只老练的手提着头发。

"马上给我钱。"黛拉说。

这组对话的精彩在于速度,简洁明快。对于商人而言,不用说,尽快成交好于缓慢成交,夫人说话自然利索。黛拉是一个习惯讨价还价的女人,这时她没有还价,"马上给我钱",她是这么说的。我们读到了文学作品里最爽快的交易之一,虽然交易额并不大。对话的速度表达了黛拉的急切,既然她决定卖掉头发,也就预示她急于买到送给吉姆的礼物,所以当她前面犹犹豫豫的时候——欧·亨利了不起的地方就在于他能够把握人的言行和情绪,通过言行表达人物在不同时间地点的心理状态和情绪状态,前面写黛拉多么地斤斤计较,到了这个时候她马上就卖,因为她急于买到送给吉姆的礼物,她离开家门的时候是"飞一般地出门下楼,来到街上"。

叙述的第二个要点出来了,黛拉应该是去了不少商店后才看到能配上吉姆怀表的白金表链,她卖掉头发的时候,并不知道给吉姆买的礼物是表链,她那时不知道买什么。我前面说过，欧·亨利写故事是为了结尾的精彩，他不会花费笔墨去写寻找礼物的过程。如果是另外的作家，这里会面临一个叙述的过渡，如何看到和确定礼物。如果黛拉有目的，就是要去买一条表链，就有固定的几家商店去寻找，她不知道该买什么，她怎么去找？这个过程如何去描写，对不少作家来说是一个无法绕开的问题。这是一个叙述的要点，欧·亨利只用了一句话就渡过了叙述的第二个要点。他这样写："接下来的两个小时黛拉像张开玫瑰色的翅膀飞来飞去。别理会这糟糕的比喻吧，事实上她跑遍各个商店为吉姆搜索合适的礼物。"

这个比喻确实很糟糕，欧·亨利自己知道，所以他说"别理会这糟糕的比喻"，以欧·亨利的才华可以轻松找到一个更好的比喻，他在这里只是过渡一下，不想动脑子了，只想让读者知道黛拉花了两个小时，逛了好多商店。我觉得欧·亨利只要稍稍一想，可以找到一个更好的比喻。

我们要理解欧·亨利，一九〇二年到了纽约以后，为了生活，他在十年里写了三百个短篇小说，他知道这是个糟糕的比喻，他没有精力去修改。我估计那时候他饥肠辘辘，想着赶紧把这稿子交出去，拿到稿费去吃饭。甚至有可能债主正在敲门，我觉得欧·亨利在纽约租的那个房子没有后门，不像巴尔扎克住过的房子都有后门，前门有人讨债，他从后门溜走，等债主离开了，再从前门大模大样回去。纽约不像巴黎，有后门的房子不多。所以我们应该理解欧·亨利这个糟糕的比喻，他已经自嘲了，我们听他的，就别理会这个糟糕的比喻。

如果我们在这里较真的话，在"张开玫瑰色的翅膀"这个糟糕的比喻后面，依然是可以补救的，为什么说可以补救？因为比喻可以有连续性，比喻不是说只有一句话就结束了，它可以延续下去。我来说说另一个比喻，一个好比喻。茨威格的《一个女人一生中的二十四小时》，那位老妇人讲述了往日时光之后，没有任何怨恨了，这时候茨威格用了这样的比喻，"压迫她灵魂的石头已经滚落"，如果这个比喻到此为止，即使算不上糟糕，也是平庸，但是茨威格的比喻还没完，接下去是"沉重地压在往事之上，使之不再复活"。我一口气讲完它，你们听着："压迫她灵魂的石头已经滚落，沉重地压在往事之上，使之不再复活。"这是一个美妙的延续性的比喻，如此形象，如此生动。

比喻是可以延续的，一般情况下比喻是把这个事物比喻成那个事物，比如用我现在手里的钢笔来比喻这个话筒，这个是不同的事物之间产生的，有时候同一个事物之间产生比喻，效果同样很好。比如博尔赫斯写到一个人在世界上消失的那个比喻"仿佛水消失在水中"，这是洞察力和想象力的完美结合，你们想一想，还有什么比水在水中消失更干净，同一个事物之间产生的比喻，有时会出现一个惊人的效果。

欧·亨利完全可以写出一个好比喻，但是他没有茨威格有钱，茨威格是贵族出身，不存在饥寒交迫的问题，茨威格有足够的时间来好好想想他的比喻。欧·亨利有饥寒交迫的问题，没有那么多时间停留在一个比喻的选择上。他用了那个糟糕的比喻之后，换个段落的第一句是"她终于找到了"，真省事，他在写作时绝对不给自己添麻烦，"终于找到了"，这个"终于"让人感觉到黛拉寻找的不容易。他既然不想在寻找上多停留，那就让叙述过去得越快越好，这是最直接的方法。

下面的句子是"那肯定是专为吉姆而不是为别的什么人造的"，就是白金表链，在这个描述表链与吉姆的气质如何一致的语气庄重的段落里，欧·亨利解决了一个重要的细节，他写道："配上这条表链，吉姆就能在任何人面前掏出表来看看钟点了。原来他的表虽然了不起，但由于没有表链，只串着一根旧皮带，有时候他只敢偷偷地瞧上一眼。"

这个时候读者才知道，欧·亨利之前没有写，他们家引以为荣的两件东西，其中之一的金表是没有表链的。类似的细节在小说叙述里出现时，通常是两种方式，一种是前面铺垫了，一种是讲到相关之处带出来，欧·亨利是后一种。在这个篇幅不长的短篇小说里，只有两个地方可以讲述吉姆的金表没有表链，一个就是这里，另一个是在前面讲述这个家庭有两件引以为傲的东西的段落里，显然在这个前面的段落里铺垫出来是不合适的，在这个把示巴女王和所罗门国王都拉进来的华彩段落里，如果讲述金表没有表链，在那样的叙述里，一是不合适，好比是在朗诵赞美诗的时候，听众里有人说了句脏话。二是吉姆的金表显得寒碜了，就是黛拉的头发也会跟着寒碜了，并且会减弱结尾给人带来的震动。在《麦琪的礼物》里，欧·亨利全部的心血就是要表现出金表和头发的珍贵，然后麦琪的礼物才会如此感人。他让金表的珍贵在读者那里先入为主，买到和金表绝配的表链之后，再说出没有表链，时机刚好。

所以，重要的细节在叙述里出现时，有时是在前面有铺垫的，有时是顺带出来的。在《创世纪》里，先说明一下，我一个无神论者，我是把《圣经》当成一部伟大的文学作品阅读的，在《创世纪》第二十二章，上帝试探亚伯拉罕是否虔诚，要亚伯拉罕带上他的独生子以撒，到摩利亚地去，在一座山上筑起一个祭台，把以撒献做全烧祭。亚伯拉罕第二天就给驴备上鞍，带上儿子以撒和两个侍役，还有劈好的全烧祭的柴，一起上路，他们走了三天，来到上帝指定的地方。在这里，故事开始就铺垫好了，以撒就是祭祀的绵羊，以撒不知道，两个侍役也不知道，亚伯拉罕和读者知道，然后父子两人才有了令人感伤的对话。以撒问父亲："火种和柴都有了，献做全烧祭的绵羊在哪里？"亚伯拉罕回答："儿子，上帝自会预备全烧祭的绵羊。"后面发生什么你们自己去看，我这里不说了。

在这里，以撒作为祭品的细节只能是前面铺垫好的，无法在后面的叙述里顺带出来，所以一部优秀的文学作品要让每个细节出现在它们自己的位置上，记住是自己的位置，不是合适的位置，合适的位置会有几个，自己的位置只有一个，这个很重要，这样的话你们才能够写出好作品。如果没有自己的位置，再好的细节你们也要放弃，你们不要担心浪费，它会在你们其他作品里出现，好细节就像好姑娘那样不愁嫁，好细节肯定有地方去，肯定有它自己的位置，只不过不是在你们这部作品里，是在你们的另一部作品里。能够做到让所有的细节出现在自己的位置上，应该是一个伟大作家了。

回到《麦琪的礼物》，接下去故事的被动要点出现了，关于吉姆的反应，吉姆的要点是两个，第一个是他见到黛拉的长发没有时的反应，第二个是黛拉手掌张开将表链递给他时的反应。第一个反应写得详尽，第二个写得简单，差不多一笔带过。为什么？我待会儿说。先说吉姆第一个反应，黛拉已在家中，黛拉回家后在紧张焦虑和激动的情绪里迎接下班回家的吉姆。

她用卷发钳把剪短的头发烫成一个个小小卷曲的发型，之后她把煎锅热上，准备做牛排。她想象吉姆看见她头发可能出现的各种反应，结果吉姆的反应让她没有想到。欧·亨利是这样写的：

> 吉姆停留在门内，像一只猎狗闻到了鹌鹑的气味那样一动不动，他的眼睛盯住了黛拉，里边有一种她无法理解的表情，叫她害怕。这表情既不是发怒，也不是惊讶，也不是赞成，也不是恐惧，不是她预料中

的任何表情，他带着这种奇特的表情死死盯着她看。

究竟是什么表情？什么都不是。我觉得欧·亨利把握住了这个叙述时刻。这样的时候去找到合适的词汇是吃力不讨好的工作，欧·亨利不会去做竹篮打水一场空的事，所以他干脆利落说，都不是，什么都不是，那时候他脑子里只有一个词——不是。谁也不知道是什么表情，欧·亨利写不出来，但我们读到这里马上感受到，虽然我们不知道吉姆具体的表情是什么，可是我们知道了表情的方向，这就够了。有时候叙述需要这样，只提供方向，不写明具体的，写明了往往局限了，把读者的思维和情绪固定住了，而方向能让阅读一下子宽广了，而且不同的读者看到不同的表情。

这之后的叙述的中心才来到吉姆这里。黛拉情绪激动地喊叫着说话，几乎是哀求吉姆什么的。里面有一大段话，你们应该是已经看过几遍了，说她的头发会重新长出来的，而且长得很快，说卖掉头发是为了给吉姆买一件礼物，黛拉的那些话里面几乎都有一个"爱"的字似的。

这时候欧·亨利描写吉姆的反应，如果说这篇小说有高潮的话，这个部分就是高潮。第一个："'你剪掉头发了？'当吉姆结结巴巴地问，仿佛他苦苦思索之后仍然没有搞清楚这明白的事情。"吉姆没有反应过来，黛拉再次告诉他头发剪掉之后，吉姆仍然不知所措，欧·亨利让吉姆四下张望，好像在哪里还能找到头发似的。这样的描写是欧·亨利自然写出来的，不是深思熟虑以后写的，有经验的写作者都知道，到了这个时候自然就会出来。然后再来一个："'你的头发不在了？'他几乎带着白痴的神情问。"

欧·亨利让吉姆两次问出同样的问题，显示出了他在激动时刻把握人物状态的能力，平静时刻人物的状态是容易把握的，激动时刻如何描述人物的言行才能看出一个作家是否了不起。黛拉的长发突然没有了，欧·亨利栩栩如生地写下了吉姆的复杂言行。

吉姆问了两次之后，才从"恍恍惚惚的状态中清醒过来"，拿出一套用玳瑁制成的嵌着宝石的梳子，黛拉的反应在欧·亨利笔下也是极其准确，先是"一声狂喜的叫喊"，这个瞬间她忘记自己的头发剪掉了，随即是"神经质的眼泪和哭泣"，她马上想起来美丽长发没了。

之后的段落里，欧·亨利如同前面的叙述里顺带说出吉姆的金表没有表链那样，他同样用了顺带出来的方式，他写下黛拉看到那个梳子的时候，顺带说出黛拉好久以前在百老汇大街橱窗里不胜羡慕地见过同样的这套梳子，这套梳子很贵，黛拉"只不过是心向往之，没有一点会得到它的希望"。这样之后，两件礼物都拥有了令人难忘的由来。而且礼物都有叙述的重点信息，都是顺带出来的。这些是你们要学习的，你们在写小说的时候，什么是在前面铺垫好的，什么是在后面顺带出来的，你们要权衡，这是叙述的技巧。

在见到黛拉长发没有的激烈反应之后，吉姆见到白金表链反应竟然不可思议地平静。当黛拉把与金表绝配的白金表链递给吉姆，并且激动讲述她走遍全城才找到这根表链，同时要吉姆赶紧把金表拿出来，她要看看装上表链后是什么样子时，欧·亨利只用两个段落就结束了。

> 吉姆没有听她的，而是一下子坐到沙发上，双手搁在脑后微笑着。
>
> "黛拉，"他说，"我们把圣诞礼物放到一边，暂时保留着吧。这两件礼物太好了，只是暂时还不能用。我将表卖了钱给你买了梳子。噢，现在请你去煎牛排吧。"

如果欧·亨利愿意，当吉姆见到黛拉给他的礼物是白金表链时，可以继续用激动的方式去进行详尽的描写，可是欧·亨利不愿意，因为继续进行详尽的描写只会是重复，无论怎么写，情绪都是一样的。欧·亨利这个十年写了三百个短篇小说的老手，当然知道这是重复，不管词汇怎么变，句式怎么变，情绪依然是一样的。所以欧·亨利简单地结束了，因为高潮是在前面的段落。

当吉姆告诉黛拉，他是用卖掉金表的钱买了这套梳子，已经是意外之笔。欧·亨利用平静简洁的两个段落结束时，也许会在心里想，让读者们去激动吧，我就不激动了。

最后一段关于麦琪的礼物的解说，从今天的角度看是多余的，但是符合那个时代的审美趣味，每个时代都有自己的审美趣味和审美特征。

这里需要解释一下，我们读到的《圣经》是新教版本的。在中国最有名的传教士应该是利玛窦，他是梵蒂冈最早派到中国来的传教士，是一五八二年来到中国的。还有一个传教士叫马礼逊，他是英国新教派来的，是一八〇七年到的广州，他到了中国以后他干了一件重要的事情，把新教版本的《圣经》翻译成了中文，所以在中文地区——中文地区很大，包括新加坡、马来西亚很多中文地区——不少天主教的教会里用的也是新教版本的《圣经》。直到一九六八年香港天主教会才出版了《思高圣经》。这本《思高圣经》我没有，我有另一本《牧灵圣经》，《牧灵圣经》是一九七二年在智利的天主教会出版的，然后翻译成各种语言。《牧灵圣经》跟《思高圣经》的区别在于《牧灵圣经》的注解很多，我觉得跟正文差不多，很厚很厚，又厚又大。我仔细查看出版的年月，没有注明，但是我知道它至今出版不到三十年，什么原因这么晚，梵蒂冈发现在中文地区流传最广的《圣经》，甚至在天主教教堂里的《圣经》也是新教版的。新教是路德的宗教改革之后出现的，新教是跟罗马天主教对着干的，罗马天主教视其为异端，他们发现这个以后，就组织力量翻译中文版的天主教《圣经》。十多年前我在巴黎见过一个女孩，现在也不是女孩，当年都已经三十多岁了，她告诉我，他们有三十多个人被梵蒂冈请到了澳大利亚集中做了一年多的翻译工作，翻译《牧灵圣经》。我家里的《牧灵圣经》就是她寄给我的，我们在中国的教堂里很难看到，中国的教堂里大多是新教版本的《圣经》。

新教版本《圣经》里，麦琪是耶稣出生时来自东方的三个占星术士，或者说三个送来礼物的贤人。"马太福音"，天主教《圣经》版本叫"玛窦福音"，但是在中国大陆很少有人说《玛窦福音》。巴赫的《马太受难曲》，我们习惯了，说巴赫的《玛窦受难曲》不顺口。但是无论是马太，还是玛窦，送的礼物是一样的，黄金、没药、乳香。黄金是财富，没药和乳香是止疼的，所以有人解释为什么三位从东方来的贤人送了乳香和没药，因为耶稣的命运注定了，就是他会被钉上十字架，所以需要给他镇痛止疼。

今天我本来是要讲叙事的两个方向，讲《麦琪的礼物》和《西瓜船》。所有的小说都是有起因的，《麦琪的礼物》是紧紧围绕礼物这个起因去写的，与此不同的是苏童的《西瓜船》，《西瓜船》的叙述背道而驰，向我们展示了叙事的另一个方向。在《西瓜船》里，故事的起因不是叙述的重点，只是一个诱饵，故事上钩了，起因就没了。《西瓜船》的起因是寿来杀了福三，可是寿来与福三是如何争执又如何动了刀子，苏童一个字没写，然而通篇下来的描述几乎都与寿来杀了福三有关。苏童的方式是烘云托月，他不画月亮只画云，可是月亮无处不在。这是我要把《麦琪的礼物》和《西瓜船》放到一起来讨论的原因，可以清晰地看见叙事的两个方向。但是今天时间不够了，接下去还有答问环节，我以后找机会单独讲讲《西瓜船》。

今天至此为止，谢谢大家。

二〇二一年九月十六日

第14课

所有的小说都是属于今天的

写作课：帕慕克《瘟疫之夜》

我第一次来学生活动中心,虽然到北师大工作四年多了。之前曾经想来,当时电影《河边的错误》首映,我们想在北师大进行,我问了我们文学院的同事梁振华教授,北师大放电影的地方有多大,他说有两百多个座位,我问他有没有更大的地方,他说学生活动中心,超过六百个座位,我说还是小了。北大百年大讲堂可以容纳两千人,所以《河边的错误》首映去了北大。北师大太小了,不像一个大学,像是一个中学,我们海盐中学都有一两千个座位的礼堂。

为了这堂写作课,我先写笔记做提纲,觉得写字麻烦,就在电脑上打字,我一旦进入电脑就如同正式写作了,感觉这篇是文章了,可以马上就拿出去发表,不是提纲。这本书里面有提纲,我标记出来了,做了一半我就不想做了,手写太累,需要的时候我念一下就行。

这本书我是去年十月的时候看完的,看完以后感慨起来,一部六百页的书,我几天时间就读完了,不容易,因为帕慕克的小说在叙述上很有耐心,我们读他的书需要更有耐心。他这部小说写的是二十世纪初的故事，从一九〇一年开始，基本上是一九〇三年的故事，书名"瘟疫之夜"，其实是鼠疫，世纪文景在出版这本书的时候，可能是考虑加缪有一本叫《鼠疫》的书，就把它改成"瘟疫"，我觉得"瘟疫"很好，更广泛一点，听上去也比"鼠疫"好听，看上去也比"鼠疫"好看。故事的开始是鼠疫的开始，故事的结束是鼠疫的结束，基本上和加缪的《鼠疫》是一样的结构，但是故事情节细节，还有社会现实等等完全不一样。虽然这部小说里写的人物、情节以及当时的种种生活状态，距离今天已经有一百二十年了，但是我仍然认为这是一部今天的小说。

对于作家来说，小说写下的都是对于今天生活的感受和认识，无论故事是过去的，还是现在的或者是未来的，作家都是站在今天的角度和立场上去写作的，可以这么说，所有的小说都是属于今天的，当然不同时代的作品，属于不同时代的今天。

这是帕慕克最新的小说，世纪文景以最快的速度出版中文版，至今一年多一点，还是一本新书。刚才张清华说了，这是一次写作课，我也是作为写作课来做准备的，相对比较专业，本来是给我们文学创作方向的硕士博士们上的课，后来我们文学院决定改成写作公开课，线上线下同时进行，线上也有直播。今天这个公开课七号才定下来，我八号和九号又有事，十号开始准备时感觉有点匆忙，我再重读《瘟疫之夜》已经来不及了，六百页呢，所以要谢谢帕慕克这部小说的责编李琬。

这几天我不断问她，什么事情是什么，谁的名字叫什么，这个人跟那个人什么关系，《瘟疫之夜》人物很多，情节丰富，有些细部的地方忘记了，为了尽快完成这个提纲——其实已经是文章了，李琬给我提供了及时有效的帮助。这是一堂写作课，我的学生都去读了这部小说，今天下午我在国际写作中心有工作，工作之后我问学生们读后的感受，结果他们都没读完，有一个学生说读到第一个死亡后没有读下去，我说可惜，你应该从第一个死亡读，读到第四个死亡，之后可以不再往下读。六百页的书，让学生在这么短的时间里读完不现实，况且他们还要蹦迪泡吧。

为了引诱明天以后你们中间有人会去读这本书，我既要努力——不一定能做到——把这部小说的精彩讲出来，又不能剧透，剧透了你们明天很可能不去读这部书了。这部书非常值得一读，我觉得是很重要的书。当然它需要有足够的耐心，你要是有耐心把这本书读完的话，你就会觉得我今天讲的不精彩，精彩的内容在这本书里遍地开花，如果你们因为我今天的讲座去读了这本书，发现有那么多的精彩内容，那就证明我今天的讲座成功了。

这是一堂写作专业课，我就要从专业课的角度出发来讲，我选择从两个方面来讲这部作品——情节和细节，这是所有小说里面最重要的两个因素。我先说情节，我抓住小说里的四个死亡描写来讲情节，在大概四百页以后，第一个死亡出来了，我没有在一部小说里面读到一个作家如此集中地描写四个死亡，这四个死亡不是匆匆带过，是认真去写的，写每一个人的死亡，四个死亡写得不一样，因为人物不一样，虽然他们共同处在一个疫情完全失控的情况下，一个共同的背景下，但是这四个是完全不一样的人，他们的身世和社会背景完全不一样，所以帕慕克的描写也是不一样。这四个死亡集中在不到七十页的篇幅里——我专门数了一下，我数学不好，我翻到最后一个死亡写完的页码，再从第一个死亡开始的页码，拿出手机用计算器做减法，有六十七页。当然这六十七页里帕慕克还写了其他的一些内容。其实帕慕克写了五个死亡，有一个死亡我这里不说了，他是一个药剂师，尼基弗罗，算上他应该是五个死亡，为什么我不说尼基弗罗的死亡，因为在六百页的叙述里面它所占的比例太低，我感觉他死去的情节在帕慕克笔下是顺道捎上的，不是重点去写的。另外四个死亡帕慕克都是重点去写，所以我不说尼基弗罗的死亡，就说四个死亡：泽伊内普之死、卡米尔之死、萨米帕夏之死和谢赫哈姆杜拉之死。

帕慕克有一点了不起，他在写下当时死亡环绕下的阴谋和权斗、混乱和恐慌的时候，也清晰地写下了这四个死亡，同时又把当时乱糟糟的社会状态表现得淋漓尽致，而且他的叙述又是那么从容不迫。

第一个死亡，泽伊内普，需要介绍一下，可能很多听课的同学还没有看过这部小说,泽伊内普是明格尔岛上的人,她很美,可以说是岛上的第一美人,后来她成了第一夫人,独立后的明格尔国的第一夫人——至于为什么成为第一夫人,你们看书就知道了。她的父亲巴依拉姆是地牢里看守犯人的狱吏,巴依拉姆是岛上最早因为鼠疫死去的人中间的一个。

感染鼠疫后表现出来的是身上有一个肿块,往往是出现在腹股沟,暗示感染鼠疫的红色硬块最初出现在泽伊内普腹股沟的时候,是小说的第四百一十三页,第六十章。卡米尔,就是泽伊内普的丈夫,那时候他已经是明格尔独立以后的最高统帅,在与她在床上拥抱,在抚摸的时候,突然在她腹股沟摸到了红色的肿块,当时卡米尔心里咯噔一下,因为那个时候鼠疫已经泛滥,随即他排除了妻子患上鼠疫的可能性,因为泽伊内普没有离开过锦绣宫大酒店,酒店里也没有发现过老鼠,所以卡米尔又安心了,当然他不知道这中间泽伊内普离开了,去看望她的母亲,这是我后面在讲细节的时候要说到的。

之后帕慕克的叙述离开了,用了六页的篇幅——帕慕克确实是一个叙述的大师——他用了六页的篇幅去写其他的,就是扯开了,去写英国领事来见卡米尔统帅和萨米帕夏,萨米帕夏那时候是总理,从总督变成总理,英国领事为一个被隔离的人说情;然后还有各个灾区的病例增加,让很多民众认为隔离措施是失效的。这个岛上,有教堂,有清真寺,还有很多道堂,所以你们就能够知道岛上宗教和派别是很复杂的,哪怕是穆斯林还有各种派别。所以隔离措施布置下去的时候，执行起来是不一致的，比如说希腊人，因为他们相对来说富有一点，比较怕死，所以他们隔离的时候比较自觉。穆斯林不自觉，在这部小说里是这么写的。所以帕慕克又写到了各个地区的各个方面，用了整整六页纸，到了第四百二十页，第六十一章，帕慕克才让卡米尔心神不安，开会的时候满脑子都想着妻子的那个红色肿块，他们结婚才两个半月，而且他妻子已经怀孕，所以会议进行到一半的时候，他起身离开总理大楼，在卫兵的护送下回到了隔壁的酒店。很短的路程，感觉就在同一个大楼里，我读这个小说的时候感觉就在同一个大楼里面，小说刚开始读到的总督旅馆，我觉得就是锦绣宫大酒店，可能是后来革命以后改名了，这个我没有向李琬求证。那么短的一条路，很多作家会忽略，帕慕克不会忽略，写街上空空荡荡，没什么人，码头那边也空空荡荡，这时鼠疫已经到了后期，到高峰了。他还写一个女人拎着袋子往前走，旁边跟着一个孩子，手里拎着小篮子，也在往前走。他们两个人看了他一眼，没有认出来，反而是在他走回去那么短的一条路边的屋子里，有一个孩子在窗口认出他，把他的父亲叫过来，看了看，确认是他以后，叫了一声"统帅万岁"，卡米尔因此心情很好，那么短的路程，他直接回到房间就可以，帕慕克总是不失时机，总要写一点，所以我说为什么看这部小说一定要有耐心，因为帕慕克写得很有耐心。

卡米尔进入卫兵把守的酒店，来到房间后，知道了泽伊内普有过的一个行为，他生气了，然后就离开了。我待会儿在细节部分要讲，现在就不讲了。

帕慕克让卡米尔离开酒店后，又用了八页的篇幅去写萨米他们如何计划并且实施抓捕谢赫哈姆杜拉，谢赫在穆斯林里是宗教领袖、酋长的意思，哈姆杜拉在岛上的穆斯林里应该是最有势力的一个人物，当然岛上不是只有他一个谢赫，有不同的谢赫。帕慕克去写如何去抓谢赫哈姆杜拉，抓了以后，把他塞进马车，视角变成谢赫哈姆杜拉的视角，又写了很长一段，一路上谢赫忐忑不安想着把他送到什么地方去，他想得最坏的就是让他离开明格尔岛，把他送到一个无人知道的监狱里去，他一路上一直在猜想会把他带到什么地方去，但他的猜想全错了，囚禁的地方是他完全没有想到的，就在城市的边上，乡下的一个破旧的古老别墅改造的旅馆，暂时把他放在那里。我之所以不厌其烦地讲述这些与泽伊内普之死岔开的部分，是因为帕慕克的叙述就是这样不厌其烦，讲着讲着他就岔开了，拉回来后讲着讲着又岔开了，再拉回来。他前面写到泽伊内普染上鼠疫，之后写了很多别的内容，这个章节的叙述风格，基本上就是这部小说叙述风格的缩影。

所以我要花一些时间讲了这些。在泽伊内普生命的尾声，帕慕克是用哭泣来告别这个美丽的女孩。在第六十二章里面，在泽伊内普病情的预感和呈现里，帕慕克写下了泽伊内普的六次哭泣，其实当泽伊内普第一次哭的时候，她只是肿块变大了，并没有发烧，别的症状也没有出来。第三次是悄无声息地流泪，她的每次哭泣都是不一样的，第五次是撕心裂肺的哭声。这是泽伊内普之死在叙述上重要的描写，写一个美丽的女孩，虽然她是明格尔统帅的妻子，虽然她已有身孕，可是她还是一个女孩。帕慕克用六次哭泣来写这个女孩的死亡过程，这六次哭泣把她的病情逐渐加重，每一次因为病情不一样，哭泣也不一样，形成了一个曲线往下去，不是直线往下去，有了这六次哭泣以后，叙述里就形成了一个下跌的曲线，这是很好的处理方法。泽伊内普她在人生中最后的一句话是"我还没有见过伊斯坦布尔就要死了"，这句话让卡米尔——她的统帅丈夫非常内疚，因为他曾经许诺过很多次要带她去伊斯坦布尔，虽然卡米尔是明格尔人，但是他是从伊斯坦布尔过来的，过会儿我会介绍他为什么会过来。

接下去帕慕克写卡米尔抱着泽伊内普，在床上安慰她，抚摸她，这个时候卡米尔知道她染上鼠疫了，而且知道自己也不会逃离鼠疫，因为他们挨得那么近。他的妻子那时候有了一点点安慰，觉得自己去了母亲那里染上鼠疫以后，丈夫还对她那么地爱，丈夫不怕自己也染上鼠疫。即使在这样的时候，帕慕克依然不失时机去写其他的，通过他们两个人在床上躺着的时候，他们就住在码头和港口那里，帕慕克开始写窗外各种各样的声音传过来，谢赫被抓了以后，他的信徒们先是无声地走到了港口和码头这里，然后开始发出各种躁动的声音，所以帕慕克在写泽伊内普之死中间又加了这么一段，很自然地过渡，通过外面声音传过来后，帕慕克把泽伊内普和卡米尔暂时放下，去写港口那些示威的人群。

我现在念的是书里的原话："第二天早上，泽伊内普尸体被撒上生石灰之后就下葬了，没有举行任何仪式。"没有举行仪式是那时候疫情很严重了，又为了保密，不让这个消息传播出去。"看着亡妻惨白面庞上错愕的表情，卡米尔内疚得无法自已。"这一段写得很好，我觉得可能是翻译得好。错愕的表情，这其实是关于泽伊内普死亡之前的最后挣扎，表述她想活下来的一个准确的词汇，她死了以后留下的是一个错愕的表情，永久定格在她的脸上。错愕用得非常好，起码中文用得非常好。写出了一个女孩在弥留之际对于自己将要死去这个事实的不明白。

两个半月的婚姻就这样结束，但是很快他们就重逢了。接下去就要说统帅卡米尔之死，这是四个死亡里的第二个。我需要给你们介绍一下卡米尔，我还没有介绍两个重要的人物，这是两个在小说里从头到尾贯穿的人物，帕克泽公主和她的丈夫努里医生，他们两个人来到明格尔岛，我本来还想详细地说一下为什么他们来到这里，讲讲小说叙述里的地理，后来我发现讲完情节和细节已经够了，时间已经够了，所以今天不讲了，以后可以专门讲讲地理在小说里如何呈现。你们去读了书就知

147

道他们两个人为什么来明格尔岛，写得也很巧妙，他们不是直接就来到岛上的，是一个偶然的情况让他们来到了这个岛上，他们本来是要来中国的，卡米尔——我刚才说了他是明格尔人，可他是从伊斯坦布尔过来，他是帕克泽公主和努里医生的侍卫，作为侍卫卡米尔本来是要跟随他们去中国的，结果跟随到了明格尔岛，那是他的故乡，他的母亲还在那里生活，幸福地迎接了儿子的回来。

  刚才我说了在泽伊内普生命的最后时刻，卡米尔一直和她在一起，而且一直搂抱着她，一直安慰她，所以他肯定也逃不了鼠疫，他也传染上了。之后他闭门不出，接下来帕慕克在第六十三章和六十四章的主要篇幅又岔开了，写下的是明格尔岛的首府阿尔卡兹城里面的各种动乱，明格尔岛陷入了无政府状态，国家元首又在自己房间里面闭门不出，这个时候萨米帕夏——之前的总督，现在的总理，他认为只有让卡米尔出来，才能够重新树立政府的权威和威望。他就带着人去敲门，敲门以后没有回应，再敲门以后还是没有回应，他们就把一封事先准备好的信从门缝里塞了进去。过了一小时以后，萨米再去的时候，发现那封信已经取走了。门里面没有反锁，他们想进去，考虑到里面的人是国家元首，考虑到这样进去是不是唐突，所以他们把努里医生请来，因为努里医生和他的妻子帕克泽公主，与卡米尔之间有着一种很特殊的亲密关系，卡米尔以前是他们的侍卫，关系非常亲密。他们塞进去的信里写明了现在的政治形势和最新的混乱，显然卡米尔已经把这个信读完了，所以萨米他们等努里来了以后才推开门，进去的时候，他们看到卡米尔统帅坐在大百叶窗旁边的胡桃木写字台前，统帅看到有人进来，还是一动不动，努里走上前，顿时感到有点不对劲了。

统帅已经穿上军装，脚上套着一双和当时季节不相匹配的靴子。努里医生进屋时以为统帅已经下定决心准备带领他们去冲锋陷阵，但是他很快发现统帅连呼吸都很困难，更不要说是出门战斗，他额头上全是汗珠，正喘着粗气。我看到这一段时候，自然想到卡米尔作为一国之君，他看到那封信以后，可能是想出去领导人民，他穿上军装，找出一双新靴子，但是他没有力气出去了。他们三个人进屋，萨米帕夏、努里医生，还有萨米手下的一个人，卡米尔给他们看自己脖子上的肿块，很大。这时帕慕克写他摔倒在地，他是这样写的："统帅换了个姿势，吃力地从藤椅上站起来，然后一头倒在了那张和亡妻度过了两个半月幸福时光的床上，紧接着开始颤抖。"这里并不是说他想站起来，这就是帕慕克的叙述风格，他是说他想换一个姿势，要注意，写小说这些方面是很重要的，他是为了换一个姿势才站起来，最后倒在床上，显然那个房间不是很大。

接下来帕慕克在描写卡米尔统帅死亡过程时，巧妙地模仿了教科书的笔法，使用高大全的语调描写卡米尔统帅，他这样写：统帅的脑子里想的都是和明格尔民族有关的事情，他说明格尔民族是世界上最高贵、最真诚的民族，没有人能比明格尔人更了解明格尔岛，也没有人能像明格尔人那样让明格尔岛熠熠生辉。这就是明格尔语存在的意义。他还说出一句神圣的祷文："我是明格尔人。"这后来成为明格尔岛一句很神圣的话。"他相信有朝一日，明格尔人民一定会有伟大的成就，改写世界历史。"这是不是很像教科书里面写的一个国家领导人的那种话？等到统帅疲劳之后，躺在床上语无伦次，迷迷糊糊时，教科书风格的叙述有所变化，人的语言开始进入统帅的语言了。

帕慕克是这样写的，"在弥留之际，精神恍惚的统帅反复念叨着想看看封锁岛屿的战舰"。这时的明格尔岛已经被奥斯曼帝国封锁了，其他国家也派来了军舰来，所以他还想着封锁的情况，之后他开始说人话了，开始想人想的事情了。"反复说妻子泽伊内普不应该离开房间"，过会儿我在讲细节时会详细地说她是怎么离开这个房间的。"反复提起自己的儿子"，他确信自己的妻子怀的是一个男孩。"必须去明格尔人的学校念书。"这是一个国家元首的想法。"说到某处，统帅还指了指天上的一朵云，说云朵的形状像极了明格尔国旗上的玫瑰图案。"后来的国旗也越来越像云朵。午夜时分，浑身滚烫的统帅醒来，给坐在病榻前记录的文员讲了两个明格尔民间故事，都是他小时候听祖母讲的。在统帅回忆童年的话语体系里，帕慕克让泽伊内普进来了，有一个童话变成了泽伊内普，是卡米尔统帅说的:"有个叫泽伊内普的女孩给岛上的每个动物都找了一个栖身之所,或者是树上的鸟窝,或者是某一处洞穴。女孩和动物们成了好朋友。女孩的父亲在宫里当差。"统帅告诉文员,应该为明格尔的小学写一本书,讲讲泽伊内普与动物之间的友谊,然后他让文员用土耳其语写下了《泽伊内普之书》的第一章。

卡米尔临死时,房间里除了做记录的文员,没有其他人。接下去,他死了以后,帕慕克又用标准的官方语言来写,当他写泽伊内普之死时,用哭泣,写到元首之死时,用的全是教科书般的官方式的语言:

> "根据文员的记录,统帅在生命的最后两个小时里,用土耳其语说了2000个词,用明格尔语说了129个词。统帅说的每一个词都用两种文字整理出来作为统帅语录,被人们在各种场合使用。有的出现在政府办公室的墙上,有的被写在了海报上,有的出现在邮票上、日历里。电报课程、语文课和文学作品也频繁引用这些语句。首部明格尔语词典收录的这129个词用了特殊字体。时至今日,哪怕是一个从来没有听过明格尔语的人在阿尔卡兹待三天,也可以学会这129个最常见的词。"

这是明格尔国第一任元首卡米尔之死，我不能"剧透"更多，只能说到这里，然后是萨米帕夏之死了。

我最早知道"帕夏"这个词汇的时候，是很多年以前，我二十多岁，跟你们差不多年龄的时候，漓江出版社出了一套诺奖丛书，里边有一个南斯拉夫作家伊沃·安德里奇，他有一部长篇小说《桥》，后来我才知道它正确的翻译是《德里纳河上的桥》，在这部小说里我第一次读到"帕夏"，就是总督或者是奥斯曼帝国的所辖领地的主管之类的，《瘟疫之夜》里的"帕夏"就是总督。

这是第三个死亡。萨米帕夏是奥斯曼帝国派到明格尔岛的总督，革命后明格尔岛独立了，他成为总理。卡米尔是元首，卡米尔死了以后，被萨米帕夏他们绑架的谢赫哈姆杜拉出来做元首了。

萨米帕夏逃离阿尔卡兹城，逃进山区。其实萨米帕夏刚来到明格尔岛当总督的时候，他跟谢赫哈姆杜拉关系很不错。两个人很谈得来，谢赫哈姆杜拉是一个有学问的人，读过很多书，是一个喜欢朗诵诗篇的人。萨米帕夏也是一个有学问的人，所以他们两个人的关系很不错，后来为什么结仇了，你们看完书就会知道。萨米总督他下令处死谢赫哈姆杜拉的弟弟拉米兹，他们两个人就此结下了仇恨，谢赫肯定要杀掉萨米。所以萨米帕夏的死是这四个死亡里，唯一没有死在鼠疫上的。

萨米帕夏之死是帕慕克死亡描写里边笔墨最为集中的一

个。另外三个的死亡，帕慕克都是写着写着甩开去了，抓住机会把当时的社会状况以及各种人心惶惶的状态表现一下。只有萨米的死亡比较集中。当然他也会甩开一下，这是他的风格，只是相对来说是最为集中。帕慕克把第六十七章将近十一页的篇幅几乎都送给了萨米帕夏之死。

在《瘟疫之夜》这部小说里，帕慕克这么慷慨的时候不多，我没有看到帕慕克这么慷慨地把十一页都给了一个人物。需要说明的是，帕慕克这种不失时机扯开去，又从容不迫拉回来的写法，能让这部小说变得宽广。写小说的人知道，如何让小说显得更加宽广，是有不同的方法的，这是其中很好的一种方法。

我尽量简短讲一讲萨米帕夏的死亡过程。他前面怎么被捕的我就不说了，你们看书就能知道。他在法庭上被判处死刑，罪名是什么，这里不说了，因为篇幅太长。

他判处死刑后坐上囚车那一段写得很精彩。他沿途看到的都是尸体，你们就知道当时因鼠疫而死的人已经有多少了。

我来念一下他写到的，"朝西的奥斯曼时代建筑前面堆放着几排尸体""排成一排的尸体被运尸车拖走，而几个垂死挣扎的人就在离尸体不远的地方躺着""马车快要到达威尼斯塔时，帕夏看到地上有十六具尸体对称地排成四列"。通过帕慕克这样的安静描写，你们就可以知道在那个时候的鼠疫已经夺走了多少人的生命。

在这里，小说通过萨米帕夏的眼睛告诉读者鼠疫已经扩散到了明格尔岛的每个角落，死神正在四处游荡。这个时候帕慕克准确描写了萨米帕夏临死前的心理和情绪的反复波动，恐惧、惊慌，还有抱怨、幻想和希望。

　　这中间他回忆母亲，想起远在伊斯坦布尔的家人和在岛上的情人玛丽卡。玛丽卡是一个希腊人，而他是穆斯林，他们是地下恋情。帕慕克在关键的时候不会放过任何机会，在萨米帕夏情绪波动之时，帕慕克趁机写下他耳边传来咔嗒咔嗒声音，原来是一只大螃蟹在牢房靠海的墙壁缝隙和岩石堆上爬行。这样的描写是很重要的。你们在写作的时候写到人物即将被处死时，不要一味地去写人物惊慌恐惧，这是一种死的书写方式，你们要用一种活的方式去写。大螃蟹的出现，让牢房里的环境活了，让萨米帕夏对死亡的恐惧也活了。

　　帕慕克做得很好，当萨米帕夏在监狱里心情非常复杂的情况下，他会见机插入视觉和听觉的描写。把当时的复杂性写出来了，你们读到这里时会感觉到萨米帕夏的不安不再是一个平面的，变成立体了。小说在写到这样的地方时，一定要把它写成立体，不要写成一个平面。

　　直到生命的最后一刻，萨米帕夏还天真地以为谢赫哈姆杜拉会宽恕他。即使已经看见了刽子手，他依然相信这不过是一个为了吓唬他的骗局，其实他是给自己壮胆。

　　这一段写得也很好，萨米帕夏被处死的这一段。萨米帕夏对刽子手沙基尔向来没有什么好感。刽子手的名字叫沙基尔，是个小偷还是个酒鬼，为了谋生才干起刽子手的行当。一想到自己的生命会终结在这个人的手里，萨米帕夏就难受得快要窒息，一个小偷和一个酒鬼来把我给杀了，来终结我的生命，萨米帕夏觉得这是对他的羞辱，这是一种贵族的心态。

所以帕夏用绑在身前的双手狠狠捶了一下刽子手的后背，他拼尽全力想要逃跑，但被沙基尔抓住了脖子。

沙基尔对他还是比较礼貌的，因为他是前总督。"总督大人，您得坚强点。"沙基尔说，"这才配得上您的身份。"然后萨米帕夏感觉到远处一群卑鄙小人正躲在广场的某一个角落里面看热闹，在临死前他终于明白这些无赖怎么看自己，其实一点也不重要，没有什么比生活本身更重要的了。

萨米帕夏努力让自己冷静下来，他毕竟还是一个理性的人，走到绞刑架前，他膝盖一软跪倒在地，这个时候又是沙基尔。"坚持住啊，总督！"沙基尔令人惊讶地怀着同情说，他呼出的气还带着酒味，"咬咬牙，很快就没事了！"

这一段我觉得写得很精彩，这种像哄孩子的语气让帕夏感到了一丝慰藉。就这样，他下身穿白色行刑服，脖子上套着绳子，勇敢地跃入虚空，喊道，母亲，我来了！就在萨米帕夏死的瞬间，一只有着巨大翅膀的黑色乌鸦从他眼前闪过。

我读到这里想到当年《兄弟》里写宋钢卧轨自杀的时候，看到海鸟飞过来。纯属巧合，因为在《瘟疫之夜》里，乌鸦曾经在努里和帕克泽公主的窗前出现过,黑色乌鸦。不是我们北师大上空的乌鸦,我们北师大的乌鸦没那么大,小说里的乌鸦有一双大翅膀。在《兄弟》里,宋钢是在广东海边的时候见到过海鸟,所以他临终之际眼前闪现了这样的一只海鸟。

帕慕克的反讽叙述,让高高在上的总督大人在一个小偷加酒鬼的刽子手带着酒味的话语里,脖子上套着绳索,勇敢地跃入了虚空。我们不知道帕慕克在这里表现出来的是人性的跌落还是人性的升华,可能是后者。因为人和人是平等的,最后就是一个酒鬼,一个小偷,为了生活做刽子手,刽子手是他的副业,把总督处死的时候,居然还让总督得到了安慰。这种反讽的写法,对于学习写作的学生来说很重要。这是第三个死亡。

第四个死亡,谢赫之死,谢赫哈姆杜拉之死。谢赫哈姆杜拉是卡米尔死了以后,就是第一任元首死了以后,成为明格尔岛上的第二任元首。为什么会成为明格尔国第二任元首,你们看书就知道了,也写得很精彩,我就不剧透了。他虽然成了元首,但是他没有住到元首办公室和总理府办公室边上的锦绣宫大酒店,依然住在他的道堂里。

反对隔离政策的谢赫哈姆杜拉始终没有离开道堂。他成为元首以后短短两周时间,死亡人数增加了2~3倍。之前穆斯林族群认为隔离政策是让死亡不断增加的原因,他们反对隔离。谢赫上台以后,马上取消隔离政策,结果死亡人数两周增加了2~3倍,穆斯林族群才意识到事态很严重了,他们开始自觉隔离了。

谢赫哈姆杜拉自己也染上了鼠疫。把努里医生请过去,请进道堂。这个章节我要好好说一下,说完这个章节以后,我还要跟你们说说帕慕克在土耳其的处境。

两个月前努里第一次来到谢赫哈姆杜拉的道堂时,这里是天堂。当时的谢赫哈姆杜拉谈笑风生,那时候也生病了,让努里医生给他检查。他把衣服全部脱光,努里医生用听诊器听了一会儿,用手在几个关键地方摸一下,没有发现肿块,努里告诉谢赫哈姆杜拉,你没事你很健康。谢赫哈姆杜拉为此很高兴。这一段写得也是很精彩,写了谢赫哈姆杜拉身边的人的段落也很好。这是努里医生两个多月前去的时候的情景,那时候道堂就像天堂一样,干净整洁,布置得当,穆斯林族群很爱干净。

两个月后,努里再去的时候,干净和秩序井然的道堂完全是另外一个样子了,不再是天堂的模样,似乎变成了地狱。道堂里一切都是乱糟糟的,各处院落念经的房间和住所门前都堆放着准备运走的尸体,可见道堂里面的死亡率已经非常高了。

努里在靠近花园墙的一间小屋里,看到谢赫哈姆杜拉半昏迷地躺在地上的床垫上,这时候跟两个月前他看到的谢赫完全是两个人。

帕慕克完成了必要的过渡叙述以后,让努里划开了谢赫脖子上又大又硬的肿块,排出了里面的脓液。帕慕克接下去写下这么一段，虽然这个人贵为国家元首，可是道堂里似乎没有人关心他，道堂里的人来人往，要么是到处跑动的人，要么是站着看热闹的人，精神上的凝聚力已经丧失殆尽，人人都只关心自己的死活。过了一会儿，谢赫醒来，认出了努里，他还要给努里念他的诗歌，可是他狂咳不止，浑身淌汗，一个劲打战。稍微休息片刻，他念的不是自己的诗，是诵读人人反复诵读的《复活》章，然后马上昏倒了。

帕慕克接下去扯开去写一些别的内容，这是他的风格。才继续写谢赫哈姆杜拉，这天早晨经历了剧烈的头疼和神志错乱之后，谢赫痛苦不堪，陷入了昏睡。也许他是因为痛苦和疲倦失去了意识。不怕感染的弟子们站在谢赫身边哭成一片，那是一些对他最为忠心耿耿的弟子。其他的弟子就像往常一样乐观地解读一切，在他们看来哈姆杜拉并无大碍，只是累了需要休息。

果然，晌礼之前，哈姆杜拉苏醒过来。看起来精神焕发，神采奕奕，他和身边的人有说有笑，诵读脑子里的那些诗句。笑着给惊恐万分的众人展示脖子上已经结痂的脓包，同时还不忘询问海上的封锁是否已经解除。他这样的关心和第一任元首卡米尔病中的关心是一样的。当了元首想的事情与不当元首想的是不一样的，他以前没想过这些事情。

没过多久剧痛再次袭来，他痛得缩成一团不省人事。到了这个时候，帕慕克很干脆，一下子就让他死了。

读了《瘟疫之夜》里面关于穆斯林的描写，尤其是关于谢赫哈姆多拉的描写，让我再次想到帕慕克在土耳其的尴尬的处境，他现在生活在美国。我在北京认识几个土耳其人，他们对帕慕克的作品保持了某种警惕，我要让他们给我推荐土耳其的作家，他们给我推荐的是另外几个，没有帕慕克。

我记得好几年前，我在北京遇到过一个土耳其女士，她嫁给一个德国人，与她的德国丈夫一起在北京生活。我问她是否读过帕慕克的书，她说读过，她说读完后不知道帕慕克写的是什么。我觉得奇怪，问她读的是土耳其文版、英文版，还是德文版？她说三个版本都读过，还是不知道帕慕克写的是什么。看看帕慕克在这本书里，还有其他书里对穆斯林的那些描写，你们就会知道为什么土耳其人对他的看法比较复杂。我之前有所明白，看完这本书以后更加明白了。

四个死亡讲完了，是不是听着枯燥，小说里写得很精彩，你们看完小说，就会知道比我说的要精彩得多。我选择这个话题，就知道这是一个苦差事，不那么好完成，但是要讲《瘟疫之夜》叙述里情节的魅力，这连续叙述下来的四个死亡是最好的选择。下面要讲细节了，可能容易一点，可能你们听起来仍然觉得复杂，这是给写作方向的学生讲的，当然了，我们北师大即使不是写作方向的学生，对文学也是很了解的，只是写作方向的学生们领会起来可能更快一点。

《瘟疫之夜》里的细节非常丰富。我今天要说的是两个不经意的细节。你们读小说的时候，经常被突出的细节吸引。对于作者，突出的细节很重要，但是并不难，真正要判断一个作家是否优秀，要去看那些不经意的细节。我今天要说的是《瘟疫之夜》里两个不经意的细节，第一个起到的作用是转换，第二个起到的作用是过渡。

这部小说有一个隐藏的叙述者，小说开篇有一篇序文，序文的作者名叫米娜·明格尔丽，我刚开始读的时候心想这个人是谁，读到后面，一直读到最后，才知道她是努里医生和帕克泽公主的曾孙女。刚做提纲时我觉得是外孙女，又不能确定，我没有时间去书里核查，昨天一直折腾到晚上九点，才完成这个文章似的提纲。我当时问了李琬，李琬说是曾孙女，我今天少了一个错误。

这个序文重要的是什么？是提到了帕克泽公主给姐姐哈蒂杰公主写了一百一十三封信，这些信件是这部小说的借口，整个小说都是从这些信件里面伸展出来的，你们看完小说以后就知道为什么这些信件很重要，这些信件是这部小说的起源。

我要说的那个转换的细节是在第十章，帕克泽公主和她的丈夫努里医生来到明格尔岛，住进了总督府旅馆，可能就是后来的锦绣宫大酒店，可能是革命以后改了名。这个我没有去向李琬核实，实在没有时间了，这本书又那么厚，六百页。帕慕克笔下的旅馆房间好像不大，两间卧室的套房，帕慕克写他们刚刚进旅馆房间的时候，帕克泽公主注意到了一张写字台，由此想到了给姐姐写信的承诺。她和姐姐离别时的情景这时候再现了,当时姐姐给了她精美的信封和信纸,以为她要去中国,要她把一路上所见所闻写信告诉自己。

这个地方,写字台的出现是很重要的,为什么我说很重要?当然,这里没有出现写字台的话,也可以让帕克泽想起姐姐要求她写信的情景,但是有了这个写字台以后再想起来,这个转换,你看起来它是不经意的,但是它很重要。优秀的小说家,尤其像帕慕克这样级别的小说家,他是不会在这种地方疏忽的,他不会直接写人物想到什么了,他需要有一个转换,通过写字台完成转换。而那些信,一百一十三封信,你们读完小说以后才会知道,信件是核心内容,整个小说就是从帕克泽公主写给她姐姐的一百一十三封信里边延伸出来的。所以写字台在这里的出现很重要,有没有写字台是完全不一样的,写字台出现以后,你们会感到叙述的美妙,人物的联想有了扎实的依据,同时还解释了帕克泽公主为什么给姐姐写了那么多的信,写了一百一十三封信。

写字台细节的重要性过于隐秘,没有的话当然也能读下去。有了,作者的洞察力就体现出来了,你们不要小看这类不经意的细节。我今天不跟你们说小说里那些惊天动地的细节,这是一堂写作课,我专门找不经意的细节来跟你们说,作家的洞察力往往是在一些不经意的细节上表现出来,在一些被人们疏忽的地方表现出来的。帕慕克在这方面是个高手。

今天要讲《瘟疫之夜》里的另一个细节是在第六十一章，卡米尔发现泽伊内普腹股沟的红色肿块之后，先是紧张。（我前面提到泽伊内普为什么会离开酒店，现在我可以说了。）随后觉得不会是染上了鼠疫，因为泽伊内普没有离开过酒店。我前面说过卡米尔去开会了，但是他一直想着泽伊内普的红色肿块，他心不在焉，在会议中间的时候，他起身回到酒店。我前面说了，他走了很短的一条路，在很短的路程里帕慕克还不失时机地写了别人，写了一些场景，街上的场景，以及一个屋子里有小孩看到他，还喊叫一声。

当卡米尔回到酒店房间时，看到泽伊内普正在寻找一把镶珍珠的木梳。她说，是母亲送给她的，过去三天明明放在这里，现在不见了。卡米尔问泽伊内普，你母亲三天前来过？泽伊内普说，是她自己回去了一趟。泽伊内普看到卡米尔神色有点不对，她补充说，你放心，我是带着卫兵一起去的。

我前面说到的泽伊内普一个让卡米尔生气的行为，就是这个行为。当时卡米尔说了一句话，大意是你作为最高统帅的妻子都不遵守隔离规定，那谁还会遵守这个规定。他说完甩门走了。泽伊内普是怎么染上鼠疫就在这里水落石出了。

泽伊内普寻找木梳的细节，带出了三天前回家看望母亲时染上鼠疫的原因。如果没有这把梳子的过渡，也可以，没有问题，泽伊内普可以找一个机会跟卡米尔说我回了一趟家，我去看了一下母亲，可以这么说。但是梳子出来以后，你感受到了叙述是如何过渡的，这个细节就是过渡，把泽伊内普染上鼠疫的原因说明了。通过一把梳子，泽伊内普一直在找梳子，心想着怎么找不着，才对卡米尔说，然后才把染病真相表明出来。这样的细节往往是不经意的，往往是不经意的细节让我们知道这个作家写作的分量在哪里。

如果不是通过梳子，让泽伊内普直接说她离开了一下，回去看望母亲，也是可以的，但是平庸。小说的魅力往往就是在这种不经意的地方体现出来的，有了第十章的写字台和第六十一章的木梳，才可能出现我们所说的理想中的小说。

细节在小说叙述里是无所不能，刚才说了一个转换，说了一个过渡，有的细节是可以停滞的，可以让人的阅读停下来，可以是从死到生，可以死而复生，等等，还可以分拆。

《百年孤独》第一句话，你们都知道：多年以后，面对行刑队，奥雷里亚诺·布恩迪亚上校将会——他写过去的事用的是一个将来时——将会回想起父亲带他去见识冰块的那个遥远的下午。这句话写了以后就没有冰块了，马尔克斯去写别的了，写马孔多村庄二十多户人家，每年三月前后，吉卜赛人就会过来，给他们带来了很多稀奇古怪的世界上的新发明，冰块说没有就没有了。这是第一页的第一句话，"见识冰块"时用了一个句号，前面是逗号。一年又一年，吉卜赛人来了一次又一次，从第一页写到了第十四页，第十四页冰块终于回来了，装在箱子里的冰块，大冰块，这才真正出现。父亲付钱之后，让布恩迪亚去摸一下，摸一下要付钱的，还是孩子的布恩迪亚把手放上去以后立刻缩了回来，他吓得叫了起来，"它在烧"，燃烧的烧。

这是现在的版本，我三十多年前读到的版本是从英文转译过来的，不是从西班牙语翻译过来的，布恩迪亚是叫了一声"烫"，他第一次摸到冰块的感觉不是冷，而是烫。这个我也有感受。

今年九月我在韩国首尔签售的时候，天气很热，签售很多，都要写几句祝福的话。他们指定我要写什么话，我就给他们写什么话。有些地方我稍微改一改，比如说有人说，献给我最爱的谁。我说这是你最爱的，不是我最爱的。这个话我说我不能写，要不我回去以后怎么跟老婆交代。

在我又热又累的时候，韩国出版社的人不断拿过来吃的东西，我说我不想吃，累了以后什么都不想吃。后来他们给我拿了一罐薄荷糖，那么大的一片薄荷糖，我觉得这个可以，天气很热，可以在嘴里放一片薄荷糖。

薄荷糖刚放进嘴里，嘴开始凉快了，他们又给我一杯冰水，里面的冰比水还多。我喝了一口，啊啊——它在烧。就是布恩迪亚的感受。后来有人把那个喝水的照片做成表情包：滚烫的人生。其实那是冰水，而且嘴里还有一片薄荷糖，当时的感受，就是烫，或者是，它在烧。

现在到结尾的时候了。二〇 四年，我去过伊斯坦布尔。

博斯普鲁斯海峡穿过城市，它的东岸是亚洲，西岸是欧洲。对于中国人来说欧洲是那么地遥远，在伊斯坦布尔，欧洲和亚洲就隔了一个海峡，这海峡并不宽，我觉得也就比我们杭州的钱塘江宽一点而已，大概有个两千米的宽度。我们在伊斯坦布尔的时候，经常是午饭在欧洲吃，晚饭在亚洲吃，第二天反过来，午饭在亚洲吃，晚饭在欧洲吃。感觉很好，就是过一个桥，午饭和晚饭可以分配到欧洲和亚洲了，感受欧洲和亚洲是如此地近。

最后我要说的是，文学比这个还要近，这就是为什么我们今天还在读唐诗宋词，读《红楼梦》，读莎士比亚、托尔斯泰、陀思妥耶夫斯基、狄更斯、巴尔扎克、卡夫卡、马尔克斯他们的理由，也是我们今天读《瘟疫之夜》的理由。

说完了，谢谢你们的耐心。

二〇二三年十二月十四日

第15课

九岁的委屈和九十岁的委屈

写作课：契诃夫《万卡》和拉克司奈斯《青鱼》

这是万卡的故事和卡达的故事。万卡是俄国作家契诃夫短篇小说《万卡》里的人物，卡达是冰岛作家拉克司奈斯短篇小说《青鱼》里的人物。

"九岁的男孩万卡·茹科夫三个月前被送到靴匠阿利亚兴的铺子里来做学徒。"圣诞节前夜，他独自一人时，"从老板的立柜里取出一小瓶墨水和一支安着锈笔尖的钢笔"。他把一张揉皱的白纸铺在长凳上，跪在长凳前给乡下的爷爷写信："亲爱的爷爷，康斯坦丁·马卡雷奇！"万卡写信时"好几次战战兢兢地回过头去看一下门口和窗子"，警惕外出做晨祷的老板夫妇和师傅们会不会这时候回来。

万卡的父母已不在人世，爷爷是他唯一的亲人，这个矮小精瘦矫健灵活的小老头是地主家的守夜人，"白天他在仆人的厨房里睡觉，或者跟厨娘们取笑，到夜里就穿上肥大的羊皮袄，在庄园四周走来走去，不住地敲梆子"。

契诃夫描写了万卡爷爷身后跟着的两条狗，一条老母狗名叫卡什坦卡，另一条名叫泥鳅，叫它泥鳅是因为它浑身黑毛，身子细长像黄鼠狼。"这条泥鳅倒是异常恭顺亲热的，不论见着自家人还是见着外人，一概用脉脉含情的目光瞧着，然而它是靠不住的。在它的恭顺温和的后面，隐藏着极其狡狯的险恶用心。任凭哪条狗也不如它那么善于抓住机会，悄悄溜到人的身旁，在腿肚子上咬一口，或者钻进冷藏室里去，或者偷农民的鸡吃。它的后腿已经不止一次被人打断，有两次人家索性把它吊起来，而且每个星期都把它打得半死，不过它老是养好伤，又活下来了。"契诃夫对两条狗的描写，尤其是对泥鳅的描写，深化了万卡的爷爷，守夜人康斯坦丁·马卡雷奇的人物形象。契诃夫告诉年轻的写作者，写人物时不要只盯着人物，要去看看人物的周边。

万卡写信时想象他爷爷站在大门口，与仆人们开玩笑，把他的鼻烟盒送到女人面前，女人闻过后打起喷嚏。"他还给狗闻鼻烟。卡什坦卡打喷嚏，皱了皱鼻子，委委屈屈，走到一旁去了。泥鳅为了表示恭顺而没打喷嚏，光是摇尾巴。"

万卡充满委屈地在信里告诉爷爷，他在莫斯科这家靴匠铺子里的遭遇，老板经常打他，"揪着我的头发，把我拉到院子里，拿师傅干活用的皮条狠狠地抽我……老板随手捞到什么就用什么打我"。老板娘也是经常打他，"老板娘叫我收拾一条青鱼，我从尾巴上动手收拾，她就抓过那条青鱼，把鱼头直戳到我脸上来"。吃得差也吃不饱，"早晨吃面包，午饭喝稀粥，晚上又是面包"。万卡请求爷爷"发发上帝那样的慈悲"，带他回到村子里。"我再也熬不下去了……我给你叩头了，我会永远为你祷告上帝，带我离开这儿吧，不然我就要死了……"

万卡写到这里哭了，为了说服爷爷接他回去，他表示会为爷爷搓碎烟叶，会为爷爷祷告上帝。他向爷爷保证，如果他做错了什么，爷爷可以"像抽西多尔的山羊那样"抽他。同时他相信自己能够找到活儿，给人擦皮靴，或者去做牧童，以此养活自己。"我本想跑回村子，可又没有皮靴，我怕冷。等我长大了，我报这个恩，养活你，不许人家欺侮你，等你死了，我就祷告，求上帝让你的灵魂安息，就跟为我妈佩拉格娅祷告一样。"

契诃夫没有让万卡的信至此结束，契诃夫不会让叙述成为功利主义的帮手。接下去万卡在信里向爷爷描述了莫斯科，很大的城市，房屋里住着老爷们（万卡这么认为）。"马倒是有很多，羊却没有，狗也不凶。"这是一个从乡下来到城市三个月的男孩视角，他看到了很多马车，没有看到羊，狗在乡下是看家护院，在城里大多是宠物。万卡告诉爷爷，圣诞节前夜的莫斯科与乡下不一样，没有孩子举着用箔纸糊的星星走来走去。"有一回我在一家铺子的橱窗里看见些钓钩摆着卖，都安好了钓丝，能钓各式各样的鱼，很不错，有一个钓钩甚至经得起一普特重的大鲶鱼呢。我还看见几家铺子卖各式各样的枪，跟老爷的枪差不多，每支枪恐怕要卖一百卢布……肉铺里有野乌鸡，有松鸡，有兔子，可是这些东西是在哪儿打来的，铺子里的伙计却不肯说。"万卡在信里向爷爷讲述了在莫斯科看到的新鲜事，这是信里没有在字面上表现委屈的段落，委屈藏在字面底下，万卡为了讨好爷爷写下的，他力所能及地向爷爷描述了莫斯科。之后，万卡重复了开头时在信里讲述的。"我求你看在基督和上帝面上带我离开这儿吧。你可怜我这个不幸的孤儿吧，这儿人人都打我，我饿得要命，气闷得没法说，老是哭。前几天老板用鞋楦头打我，把我打得昏倒在地，好不容易才活过来。我的生活苦透了，比狗都不如……"

契诃夫让万卡两次讲述自己在靴匠铺子里的挨打经历，这两次挨打的内容虽有不同，实质是雷同的，但是有了中间这段向爷爷讲述的莫斯科，雷同消失了，莫斯科的讲述成为第一次和第二次讲述之间的梯子，让万卡的遭遇爬上了更高一层的委屈。万卡在信里最后写道："替我问候阿廖娜、独眼的叶戈尔卡、马车夫，我的手风琴不要送给外人。"

契诃夫笔下的万卡有着令人心酸的可爱，在伤心委屈里仍然没有忘记让爷爷替他问候认识的几个人，还有"手风琴不要送给外人"，这是万卡悲惨生活里的温暖内容。

万卡是在圣诞节前夜给爷爷写信，他因此回想起和爷爷一起到树林里去给老爷家砍圣诞树的快乐情景。"祖父咔咔地咳嗽，严寒把树木冻得咔咔地响，万卡就学他们的样子也咔咔地叫。往往在砍树以前，祖父先吸完一袋烟，闻很久的鼻烟，讪笑冻僵的万卡。"讪笑冻僵的孙子，这是个不正经的爷爷，他平时"一会儿在女仆身上捏一把，一会儿在厨娘身上拧一下"。

爷爷把砍下的云杉拖回老爷家。"大家就动手装点它……忙得最起劲的是万卡喜爱的奥莉加·伊格纳季耶夫娜小姐。当初万卡的母亲佩拉格娅还活着，在老爷家里做女仆的时候，奥莉加·伊格纳季耶夫娜就常给万卡糖果吃，闲着没事做便教他念书，写字，从一数到一百，甚至教他跳卡德里尔舞。可是等到佩拉格娅一死，孤儿万卡就给送到仆人的厨房去跟祖父住在一起，后来又从厨房给送到莫斯科的靴匠阿利亚兴的铺子里来了……"

关于奥莉加·伊格纳季耶夫娜小姐的简短段落看似随意，其实必不可少，这里既写下了九岁男孩万卡命运的来龙去脉，又写出了万卡是如何识字的，这个根本没有机会上学的穷孩子，因为叙述里出现了奥莉加·伊格纳季耶夫娜小姐，才能在莫斯科的靴匠铺子里给爷爷写信。

> 万卡把这张写好的纸叠成四折，把它放在昨天晚上花一个戈比买来的信封里……他略为想一想，用钢笔蘸一下墨水，写下地址：
>
> 寄交乡下祖父收

然后他搔一下头皮，再想一想，添了几个字：

康斯坦丁·马卡雷奇

上述段落已是我们文学里的著名段落。万卡知道写信，不知道如何将信送到乡下爷爷手上。万卡想一想后添加上爷爷的名字，是这个九岁乡下男孩对于世界理解的极限。他是问过肉铺里的伙计，知道把信封好后要丢进邮筒。肉铺伙计不是一个细心的人，没有告诉万卡要在信封上写下详细地址，或许肉铺伙计很可能是在醉醺醺的时候告诉万卡的，他对万卡说："由醉醺醺的车夫驾着邮车，把信从邮筒里收走，响起铃铛，分送到世界各地去。"

万卡把这封"宝贵的信"塞进就近的一个邮筒，回到靴匠铺子。"他抱着美好的希望而定下心来，过了一个钟头，就睡熟了……在梦中他看见一个炉灶。祖父坐在炉台上，耷拉着一双光脚，给厨娘们念信……泥鳅在炉灶旁边走来走去，摇尾巴……"

在不到七千中文字的短篇小说《青鱼》里，拉克司奈斯借用编年史的叙述方式写下这篇杰作。表面上看这是一篇传统小说，清晰流畅，没有意识流，没有心理描写，没有暗示隐喻，实质上它并非传统小说。小说由四个章节组成，与传统小说里主角率先登场不一样，《青鱼》里的主角卡达（如果是主角的话）直到第三章节才出现。

第一章节是青鱼来了和青鱼消失的对照。"青鱼来了"，小说第一句话就是这四个字，之后另起一行，其他段落接踵而至。

> 它已经有十七年没有在这一带出现了，从1909年以后，这儿几乎就没有看见过它，可是今年夏天它来了。它的出现简直就像慷慨的太阳照耀着这个渔村。是的，人的命运是靠这些栖息在深水里的异常任性的生物来决定的。
>
> 青鱼按着它自己的怪癖能叫人变成富翁，也能叫人变成穷汉。它高兴的话——就能让这个渔村繁荣一下，让大家都过上好日子，它还能把外国商人引到这里；他们来了，就在这里住下，大赚其钱。青鱼使他们能够给自己的家庭在山谷里盖起豪华的住宅，那些用红色、蓝色、绿色油漆装潢门面的阔气的商号也都是亏了它才变得漂亮起来的，那些商号的门上都高傲地挂着一块自吹自擂的招牌。

拉克司奈斯开篇定下了小说的叙述基调，不是突出个别人物的叙述，而是展示众生相的叙述，他用夸张的手法描述了青鱼来了和青鱼消失的天壤之别。

青鱼来了，人们拼命干活，每天只睡一小时，因为钱是按小时给的，干多了还有奖金。有了钱心情也好，人们喜欢互相开玩笑。"冬天可以让孩子们到雷克雅未克去上学，可以给姑娘们买几件新衣裳了。居民们还可以买洋铁板来修屋顶，甚至可以买颜料，于是那些散落在海岸的小屋子，在色彩的富丽方面也就不输给有钱人家的楼房了。"

青鱼消失了，而且消失了十七年，拉克司奈斯笔锋一转，描述起凄凉悲惨的情景。人们见面时没有心情开玩笑了，商店纷纷倒闭。房屋"泥灰裂开了，油漆褪了色，洋铁板扭歪了，屋顶上的铁板也都生了锈。以前像彩虹一样五颜六色的房子，现在就像是一些秃毛的、衰老的瘦马，面面相觑地站着。有的则是完全破损了，风雨可以随意侵入。脱开的洋铁板在风中颤动，楼梯也腐朽了，在上面走动已经是十分危险。台阶上面的屋檐完全坏掉了，现在雨点直往门上打。星期天已经没有人再穿节日的衣裳，有年轻人想要跳舞的话，那么他们就会发现，手风琴也已经破了"。拉克司奈斯的描述不会停留在视觉世界上，视觉叙述是为了进入人的生存状态的叙述。不少人离开了，留下的人"夏天去修筑道路，或者去打短工收割庄稼。孩子们和妇女们去割干草，割到的干草也只能勉强喂跟邻居合伙养的奶牛"。冬天的时候，"家家户户的男子和妇女都坐在煤油灯下，周围转着一大群肮脏的孩子，吃着黑面包和稀粥"。在穷困潦倒的生活里，不会有人去关心孩子的教育，这里的孩子"还没有学会讲话,就先学会了拿脏话骂人;他们还没有学会隐瞒自己的不诚实的行为,就先学会了偷窃"。

第二章节是十七年后"青鱼来了"的盛况。对于渔村里的人,"峡江里的青鱼,就等于克隆达依克的金子"。于是"母亲们把婴儿留在摇篮里,匆匆忙忙地赶来洗刮青鱼;正待出嫁的闺女们扔下寄托着少女的一切幻想的陪嫁衣裳而来了;老处女们没有把冗长的故事讲完,没有喝完咖啡,在谈话谈到半截儿里也跳起身走来了……身强力壮的小伙子们,拼命地干活干到这种程度,他们会筋疲力尽地倒在青鱼堆上,说不出话来,而突然死去。这个渔村里体面的公民们,因失眠和疲劳过度而丧失了理智,睁着发红的眼睛走来走去,忙乱着敲打玻璃窗,骂着渎神的话,见了人就向人扑过去。已快要死的病人从床上跳起来,把所有的药向医生脸上一扔,就匆匆忙忙地跑去张罗渔网。也有这种事情;临近分娩的妇女在刮洗青鱼的时候发生了阵痛,人们好容易把她们送到家里去,可是过了一会儿,她们就像是什么事儿也没有发生过一样又来刮洗青鱼了"。

全景式的叙述从第一章节来到第二章节,这在短篇小说里是很少出现的,这篇短小精悍的小说因此拥有了史诗的品质。拉克司奈斯的夸张描写让全景式叙述显得十分生动,当然是恰如其分的夸张。这里的夸张描写,也可以说是高度凝练的描写,让匆匆而过的场景和匆匆而过的不知姓名的人物跃然纸上。如果没有夸张的描写,而是如实的描写,不用去读小说,只读我举例出来的段落，就可以想象出叙述将会平淡乏味。拉克司奈斯向我们展示了小说叙述里夸张的精粹之一，高度集中，让原本臃肿的大段表述用一句话概括出来，用幽默的方式概括出来。拉克司奈斯夸张地描写了不同人的言行举止之后，没有到此为止，这个级别的作家都会将事物写到尽头，所以拉克司奈斯的描写还在继续，来到因为青鱼被人们遗忘的牛群这里，"这时候，牛群在菜园里无聊地游荡着，期盼人们把它们胀满的奶挤掉一些，它们无情地践踏马铃薯的茎叶，直到哪个小伙子从码头上跑来，用一条挺大的青鱼鞭打着，把它们撵开为止"。

第三章节开始，主角卡达终于出现了，是这样出现的："在青鱼桶上弯下去又伸直起来的那些背脊中间，有一个人的背脊比别人的弯曲得更厉害，它到现在还没有折断，可真是一件怪事儿。"卡达出现时，拉克司奈斯没有写她的名字和她九十岁的年龄，而是描写弯下去又伸直的背脊，并且惊讶至今没有折断，然后点明"这是一个名叫老卡达的女人的背脊"。

接下去关于老卡达的描写是必不可少的，拉克司奈斯写她穿着破烂的男子短大衣，旧麻袋的颜色，"好像是在海岸上放了很久的那些装着死鱼肚里的废物的旧麻袋"；脖子上绕着一块布，"皮包骨头的脚上套着两只皮囊，谁也不相信那是皮鞋""嘴里只有一颗大牙齿的那一张老太婆的皱脸""她的双手瘦削无力，疙疙瘩瘩，像是两块旧布片，简直不能叫人相信，这双手还拿得住刀子""这双衰老的手从早晨六点钟起就在这儿刮洗青鱼了"。九十岁的卡达一整天下来，"一言不发，聚精会神，一直在工作着"，可是只刮洗了三桶鱼，只赚了两克朗二十五厄尔。从前的卡达是个传奇人物，她一天刮洗过四十桶青鱼，人们因此传唱起一支歌谣。

>我们的卡达，没有人比得上，
>你很快地就起床，
>你刮洗的鱼儿数量，
>我们跟着点数也跟不上。

第三章节是卡达身世的章节。拉克司奈斯描写卡达时收敛了前两章节的夸张，富于同情的描述开始了，仍然是高度凝练的描述。卡达有过满屋的孩子，"渔民的生殖力都很强，就像跟他们有关系的那些鱼一样"，现在她住在其中一个儿子，一个最穷的渔夫家里，"在漫长的年月里，卡达看见她添了许多孙女，可是都没有养活。那些孩子就像是天空中偶然出现的一朵朵小白云，下过一阵雨以后它们就消散了"。

卡达有过一个朋友，住在叶古里达尔，应该是她的终身朋友，从前两人一起在鲸鱼公司干活，"青鱼来了"时两人经常在一起喝杯咖啡，"青鱼消失"后两人一起挨门挨户乞讨。拉克司奈斯在关于卡达的简短章节里，该写的都写了，卡达曾经有过的友谊自然不会放过。"那个老妇人每年都要从叶古里达尔寄给她一小团绒线,老卡达就坐在自己的屋子里,把绒线织成连指手套,卖给渔夫们,换得几个厄尔。她把这几个厄尔存在儿子那里,如果有什么人到叶古里达尔去,卡达就用破布包上一点儿咖啡,托他捎给自己的老朋友。现在那个老妇人已经不在人世,她死在叶古里达尔了。"

老卡达弯腰站在桶边刮洗青鱼,漫长的一生涌到眼前,但是她已经老得糊涂了。"她这一辈子的大大小小的事件,就像这些青鱼似的无声无息地从她的手里滑了过去。她连她年轻时候的情人都不记得了,她只模模糊糊地记得她和她的丈夫一起在东方的某个鲸鱼公司里干过活,他们有过一幢紧挨着峡江的小屋子。"

九十年来,生活没有给她留下快乐的记忆,她也从来没有指望过有什么快乐的生活。"她的一生中充满着无休止的争吵,充满着毫无意义的,也是莫名其妙的谩骂。男人也好,女人也好,全爱骂人,而骂得最凶和最不堪入耳的是废品检查员和包工头,买卖人、牧师和教区长老也都骂人。现在她至少该感谢上帝,让她的两只耳朵几乎完全聋了,再也听不见那些骂人的话了。她这一辈子除了不绝于耳的骂人话以外,就再也没有别的什么了。她的儿子们,有的在航海,有的在陆地上工作,有的不知到哪里去了。女儿们也是这样。她的丈夫在五十年以前就已去世,去世前没有一点要死的预兆,谁也没有特别为他哀悼,照着一切仪式把他安葬了。牧师得到了他所应得的报酬,商人也是如此,卡达知道她已经付清了一切账目。"

拉克司奈斯在这个段落里,简洁又精彩地概括了卡达的一生,没有夸张,因为夸张会拖泥带水地带来一些嘲讽,此刻出现是不合适的,会夺走正在进行的充满同情的描述。这个段落从争吵谩骂的角度出发,在子女们不知去向和丈夫半个世纪前的死去的角度里结束。这是拉克司奈斯提供给年轻写作者的宝贵经验,如果想简洁地写下一个人的一生,不要泛泛而谈,不要东一榔头西一棒槌,去找到一个合适的角度开始,找到另一个合适的角度结束。

第四章节是卡达的委屈章节,这个章节是由对话完成的。拉克司奈斯让这篇简短的小说拥有了交响曲的宏伟。前两个章节是夸张的全景式描写,仿佛是布鲁克纳第七交响曲的弦乐响起;第三章节讲述了卡达的一生,理性又饱含同情,让人联想到勃拉姆斯;第四章节是卡达与儿子的对话,这是勋伯格的风格。

如果青鱼没有来,卡达继续在她没有声音的世界里消耗残留的生命,可是青鱼来了,她的生命最后一次激活了,她一早起床,来干活挣钱。

天黑后,"妇女们仍然站在盛着闪闪发光的青鱼的桶旁,由她们那些一会儿弯曲、一会儿伸直的背脊构成的起伏的波浪"。最后一批渔船靠拢码头,天亮前不会再有渔船出海。妇女们要干一个通宵,要在下一批青鱼运来之前,把这批青鱼刮洗掉。

卡达的儿子希古里昂,一个长了满腮胡子的男人从渔船上下来,走到九十岁的母亲跟前说,妈妈,回家去吧。卡达没有听到,她早已耳聋。儿子说了一遍又一遍,甚至骂了起来,卡达没有理睬,继续刮洗青鱼。直到儿子夺下她手里的刀子,她才反应过来,严厉地要求儿子把刀子还给她。接下去儿子拉她回家,她抵抗:"拼命地抓着桶边,那只鱼桶翻倒,滚到下边去了。"儿子说她从床上爬起来都很费劲,不能再刮洗青鱼,让她回家躺到床上去。卡达威胁儿子,如果不把刀还给她,她就要揍他。儿子把她拉离码头,她向儿子求饶:"儿子,别拿走我的刀子,要知道今天一分钟也不能随便放过:青鱼来了呀……"最后她不得不认输,她骂了一声:"见你的鬼去吧,希古里昂!"

我只是陈述对话的内容,并没有表达出这组对话的精彩,卡达情绪的转化和儿子情绪的转化是在对立的对话中完成的。

老太婆弓着背,迈着小步,沿着江岸走去。帽子从她头上滑了下来,一路上她嘴里还在嘀咕着什么。委屈的呜咽声里夹杂着从胸膛深处发出来的嘶嘎声。过了一会儿,老太婆放声大哭起来,她又一次站住了,转身向着儿子,噙着眼泪说:

"上帝永远也不会宽恕你的，希古里昂……"

从这个可怜的、九十岁的老太婆胸腔中发出来的这声沉痛的、绝望的呻吟，就像是把整个大地的悲苦都倾吐出来了。

小说结尾时，拉克司奈斯这样写下九十岁卡达的委屈："老太婆悲伤地哭泣着，拖着两条腿，在雨夜中穿过了市镇。要知道老年人哭起来，也会像孩子们那样哭得又响亮、又伤心的。"

万卡和卡达向我们展现了九岁的委屈和九十岁的委屈，这是委屈的起始和委屈的尽头，中间是委屈的留白。万卡的委屈会有变化，万卡有着不可知的未来，我们不知道他长大以后会遭遇什么，会成为怎样的一个人。卡达的委屈已经固定，不会变化，卡达没有未来，只有已知的过去。万卡到卡达之间漫长岁月里的委屈留白里有些什么内容，我们想知道的话，只能用自己经历里的委屈去填充，这也是文学留给我们的空间。

二〇二四年七月十八日

第16课 | 附录

成为一个不被别人忘掉的作家就够了

余华　魏冰心

二〇二三年七月,北京

谈流量——"我此生奋斗的不是流量,是文学"

魏冰心:近两年您好像突然以一种新的形象进入大众视野,作家余华一夜之间就成了"段子手""被耽误的脱口秀演员",网上有很多这样的短视频在流传。如何看待年轻人对您的最新"定性"?

余　华:我觉得那是调侃我,说我是段子手也好,被写作耽误的脱口秀演员也好……其实我没有看过脱口秀。我还是属于老一代的人,我看郭德纲的相声,尤其是在修改《文城》的时候,基本上晚上十一点时睡一两小时,像是午觉,醒来后写到天亮,然后上床躺下用手机看郭德纲和于谦两个人说相声,看几个后正式睡觉。脱口秀我没有看过,没有去尝试过,也可能一看就喜欢看了。所以我认为网友这样评价是一种调侃,他们在心里还是认为我是一个作家。

魏冰心:我这两天大量看您的资料,就翻出来一篇您"悔少作"的少作——《第一宿舍》,这是您写的第一篇小说吗?

余　华:这是我发表的第一篇,其实我一直希望别人认为我发表的第一篇就是《十八岁出门远行》,但还是被人找出来更早的。

魏冰心:我之所以提《第一宿舍》,是因为我发现您一出手就非常轻松活泼,里面有"完蛋""他奶奶的"这种词,然后我就想,有没有可能"段子手"余华几十年如一日没变过,只不过搞笑的这一面最近才被大家发现了?您觉得为什么会有这种时间上的延迟?

余　华:两年多前我们一家人在一家餐厅吃饭,一个朋友给我发微信说"你上热搜了",我当时对热搜不了解,我有时候会去看微博,但是我不知道微博热搜是一个什么东西。我儿子知道,他打开一看,说有两亿多人看过了,我心想这个热搜怎么那么厉害。

其实是个旧话题,大概在一九九八年的时候,我在意大利都灵有个演讲,叫《我为何写作》,谈到了我为了去文化馆开始写小说,去文化馆第一天故意迟到俩小时,结果发现我是第一个到的。就这么一句话,还是二十多年前的一句话,被人重新拿出来以后,下面有一千多个人评论和创作,就上了微博热搜。我当时就觉得很奇怪,因为这并不是一个新话题,而且这些年我几乎没做采访。

刚好贾樟柯的电影《一直游到海水变蓝》也上映了,里面流传比较广的那句"要是能给我发表,我从头到尾给你光明",这也都是真实的事,不是我为了说笑话……之后我才学会了一个词汇叫作"出圈"。

比较巧的是,新经典说《活着》三十周年还是要搞几个活动,我说应该没到三十年,《活着》应该是二十九周年,他们说过虚岁,所以后来我做了B站的三个采访,当采访视频片段式地广为流传以后,我就觉得不对了,然后我就说不做节目了,任何节目我都不做,我需要一个冷静期。

冷静一年后发现热度不仅没有下去,反而上升了。我发现新媒体和传统媒体的区别了,过去我只要冷静一年左右,基本就在媒体上消失了;现在冷静一年没有用。我差不多一年没有做任何采访和视频,我告诉他们不能做了,再做下去不对了。结果发现越来越多,他们把过去的东西不断再创作出来。我的学生叶昕昀发给我看"余华厂牌",说"你看你都变成说唱歌手了"。"潦草小狗"最早也是叶昕昀发给我看的。

我意识到时代已经变了,冷静的主动权已经不掌握在个人手上,掌握在公众手上。公众想把你遗忘的时候,你确实可以冷静了,但是公众暂时还不想遗忘你的时候,你想冷静不可能,他们有各种各样的方式制造出一些新的话题来。

魏冰心:这也是我想问您的一个问题,上午来之前我在网上搜了一下,仅仅在过去六个月内,您就上了八次微博热搜,绝对是"顶流"的待遇。我不知道对"顶流"这件事您是怎看的呢？

余　华：被高度关注我肯定心里很高兴，要说我无所谓那是瞎扯，我肯定很高兴，但是一旦被收走了我也不会很失落。流量对于我来说有些重要的，但不是必需的。

我今年三月份在华师大与安忆有一个对话，他们准备发门票，结果（前一天）晚上五点开始就排队了，学生们从一楼排到九楼，都坐在地上，我非常惊讶。有记者去了解了一下，这些同学里面并不都是读过我作品的，有些是看了我的短视频才来的，但是我觉得这不是坏事，很可能他们以后也会去读我的作品。

魏冰心：在今天这个时代，流量几乎是人人向往的，从来没有像今天这样，流量能够直接变现。

余　华：是的。我已经明白了，李健的唱片发布会，我去参加了一下，结果发布的时候上了热搜第一，李健告诉我有四亿多阅读量，吓我一跳，我觉得这像个天文数字一样，四亿多。

流量确实带来各种商业活动和广告的邀约，最有意思的是我和俞敏洪对话的时候，那个时候我的头发还很长，有个网友问我是如何保持发量的，结果两天以后，有一个很大的品牌洗发水要来找我做广告了。当然这个分寸我是会把握的，因为我知道自己是干什么的，我知道自己还是一个作家，如果我整天在广告上露面，会很滑稽，人设会崩塌。

魏冰心：您觉得做广告是人设崩塌的一种形式，可能哪天有个热搜是"余华恰饭"是吧?

余 华:也有一个朋友说我就应该做广告,说做广告才证明你的价值。但是我还是不能做,不敢尝试。我觉得每个人要给自己一个定位,作家里面也有做广告的,村上春树就在日本做广告,做咖啡广告,我在日本的时候看到过。

魏冰心:我理解所谓的"人设崩塌"可能还不是做广告,也许是更严重的,有了流量以后,大家都关注你了,会放大你好的一面,可能有一天也会放大你不好的一面,这跟做不做广告没关系。您害怕这个吗?

余 华:我不怕。我有一天说了一句什么话以后引发众怒,肯定会有的,现在还没有出现。但是将来很难免会说出这样一句话来,我觉得这一天迟早会来,每一个人都一样,你受到的关注和批评是成正比的,总有一天你突然会被很多人批评。

魏冰心:所以您对于这些还是挺清醒的?

余 华:我依靠的还是自己的作品,我不是依靠流量。我此生奋斗的不是流量,是文学,高尚地说。

魏冰心:您有没有想过一个轻松的、好笑的余华,为什么能够收获现在年轻人的好感和共鸣?

余 华:毕竟我的读者很多,从我八十年代的文学作品,一直到《活着》,到现在的《文城》,但通过作品所了解的叫作"余华"的作者,在读者心中是一个沉闷的、一脸苦相的、带有一点抑郁症或者阴郁的一个人,结果后来他们发现了一个相反的人。

我印象很深,当时《许三观卖血记》刚在《收获》发表,一九九六年,现在哈佛大学的王德威教授到北京来看我。他跟我之前没有见过,也没有通过信,只是通过台湾地区的出版商来给我们互相转达对方的意思。他第一次见到我之后很惊讶,说怎么是这么一个余华?一个那么开心、充满了阳光的余华……在他心目中是一个整天下雨的、不下雨也是一个阴天的余华。像王德威这样见过很多作家的人,我也是在他认识的作家里反差最大的。

前面他们把我想得太苦了,后面发现我不仅不苦而且过得那么好、那么开心。他们突然觉得有一种反差。

魏冰心:反差萌?

余 华:对。我今天来之前还看到三个人给我发过来同一张图片,"好消息:我过上了小说里的生活。坏消息:是余华的小说",我觉得很好玩。

魏冰心:一个轻松幽默的名作家受到大家喜欢,有没有可能是因为年轻人觉得生活里有一些侧面是沉重的,所以他们想通过轻松幽默来化解?

余 华:尤其大家都知道,现在年轻人的失业率总体比较高，可以想象他们需要寻找一种东西，让他们暂时忘掉现在生活中的困难，他们需要快乐一下。

李健告诉我，今年应该是经济比较困难的一年，结果演唱会特别多，演唱会比疫情之前还要多。我就马上想到，他们想寻找的是一些能够让他们松懈下来的、能够放松一点的、不要那么紧张的东西。所以"好消息：我过上了小说里的生活。坏消息：是余华的小说"这段话我看了以后，一方面比较好笑，另外一方面也带有一点辛酸。"好消息：我过上了小说里的生活"其实是他们想逃避现实或者暂时离开一下现实，进入一个虚构的世界，进入一个自己想象的世界，想象自己生活在一个比现在好的生活环境里，结果找错书了，找到了我的书。

魏冰心：您曾经不止一次表示过，很同情现在年轻人的生活，因为他们面临巨大的生活压力。那您认为自己属于幸运的一代人吗？如果晚出生三十年，您觉得自己的命运会是什么样的，还会从事文学事业吗？

余　华：不知道。因为我已经做过作家了，而且我发表作品到现在已经四十年了，我尝过当作家的甜头了，不用坐班，生活中没有闹钟，我在北师大上课也是晚上，相对来说是很自由的一种生活，所以晚生三十年，我不知道是否还能成为作家，但我还是希望能够成为作家，因为我知道做作家的好处，时间掌握在自己的手上。

前两天我儿子跟我说，不知谁说的一句话，他认为说得很好，说艺术或者文学没有什么企图，它唯一的企图就是让时间变得有价值。如何让时间变得有价值？只有掌握在自己手上才能有价值，所以我还是想当作家。

当然现在环境和我当年八十年代初出来的时候不一样了。因为我现在在北师大工作，如果我现在只有三十岁的话，我就想考上北师大文学创作与批评方向的研究生，向苏童和莫言学习写小说。

魏冰心：那之后的路呢？比如说您考上研究生接下来还是有就业的问题。

余　华：我希望在苏童和莫言的帮助下，我在毕业之前就已经出名了。（笑）

魏冰心：您觉得自己文学道路的成功，才华和时代，哪个因素更重要？

余　华：才华当然很重要。我并不是我们那些人里最勤奋的一个，但是我出来了，因为写作需要有悟性，需要感悟到什么。时代非常重要，时代又可以说是一种时机。我是否掌握到了这个时机，同时我在写作道路上有没有遇到贵人，这都很重要。我就遇到了，我遇到的第一个贵人是李陀，在我二十六岁的时候，我认识了李陀，他对我的帮助是非常大的。

魏冰心：是他把您推荐给了更多的人？

余　华：八十年代的时候，我有三个中篇小说眼看着要发表了，结果印刷前全部撤稿，因为我的小说是先锋小说。得到这个消息的时候，感觉是终于从黑洞里面爬出来了，终于看到光明了，又被人一脚踩了回去。当时我在北京的大街上走了很长很长的路。

我绝望了，觉得我的写作生涯可能要结束了。李陀鼓励我，把我这三篇小说中的两篇推荐给了《收获》，一篇推荐给了《钟山》，都发表了。现在回忆起来，都觉得八十年代是一个非常美好的时代，但是其实对我们这一代人来讲，可能是既充满希望又充满绝望的经历。在当时，撤稿是件很正常的事情。

魏冰心：在网上您现在最著名的段子还是"文化馆"的段子，如果大家只听这段，可能会有一种错觉，以为文化馆很好进，但其实从一九七八年您去卫生院当牙科医生，到一九八三年调入文化馆，这中间有五年的时间。这五年的时光是怎样的？您好像说过那时候觉得人生一下子能看到头，挺惆怅的。

余　华：我是一个有野心的人。我当时感觉，我的一生不应该就这样度过了，我应该改变自己的命运，改变自己的命运就是写作，至于说看到文化馆的人整天在大街上溜达，那只是一个走上文学道路的说法而已。我后来还有一个更好的说法，只不过没有流传开来。我们那个时候读的书，都是前面少了七八页，后面又少了十多页，因为那个时候没有书，一本小说传过好多人的手，到了我们这儿的时候，根本不知道书名是什么、作者是谁,不知道故事怎么开始,也不知道故事怎么结束。

不知道故事怎么开始可以忍受,不知道故事怎么结束就太难受了。那怎么办呢?我睡觉前躺在床上自己就开始想故事的结尾,想了一个又一个——从来没有救世主,从来都是靠自己——后来回忆起来,我那个时候应该是已经开始写作了,因为每一个人走上文学道路肯定有很多原因。然而这个励志的说法却流传不开。"文化馆躺平"那个版本流传很广,现在励志怎么就不受欢迎?我本来觉得以前那个版本说的次数多了都腻了,想换一个稍微崇高一点的版本,结果没有流传开来。

魏冰心: 那个时候天天投稿,您形容说"啪嗒"一声有信件落在院子里,这个时候您父亲就会说"退稿来了"……

余　华: 对,当时我们家有一个小院子,外面有一道围墙,邮递员当时骑着自行车,根本不会来敲门,直接从墙外给你甩进来。我父亲一听声音就知道是我的退稿。对我来说没关系,包括《第一宿舍》也是退了好几稿后才在《西湖》发表的。

魏冰心: 那过程中会有怀疑吗?因为您总是投稿然后都被退回来,您怎么知道自己写得行不行?这条路对不对?

余　华: 是有怀疑。我内心深处一是有野心,二是有一些高傲的东西,《收获》退我的稿子、《人民文学》退我的稿子,我还能理解,不是那么重要的杂志也退我的稿子……因为我认为在《收获》上发表的小说、在《人民文学》上发表的小说，也未必比我这个小说好哪去。我开始发现一点，比如《收获》和《人民文学》这两个文学杂志，它们有一个质量的平均线，我一定要高于这个质量的平均线，编辑可能才会用，如果我仅仅达到这个平均线，是不可能用我的稿子的，我必须写到高于《收获》的平均线，甚至要高很多，我才有希望在《收获》发表，这是我当时给自己的一个定位，我认为这个定位是正确的，所以我一直在努力努力、探索探索，我没有去找别的原因，我没有抱怨，我就一直在想我哪儿写得还不够好。

我没有获过"全国优秀短篇小说奖"和"全国优秀中篇小说奖"，这两个奖在当时是很重要的，是让作家一举成名的奖。正是因为我没有获过这两个奖，反而让我写得越来越好。如果第一篇小说或第二篇小说获奖，人很容易自满，自满以后就无法前进了。所以有时候人生中是需要有挫折的，这个挫折最好是什么样的挫折呢？不要太大，也不能太小，小到你能够忽略掉的也不行，太大的话会把你打蒙，从此再也振作不起来了。年轻时不断经历退稿，什么奖都拿不到，就会一路再往前走，我要写得更好，我要努力离牙医这个行当更远。我觉得就是当时不大不小的挫折，才能够让我一步一步走到今天。

谈青春 ——"我起码经历了有二十年,才感觉到写作能够养活自己了"

魏冰心:您当时一个人来到北京,也没有读过大学,会有所谓来自小镇的那种自卑或者失落吗?

余 华:没有自卑,我记得当时铁生还跟我掰着手指算,算下来以后他跟我说,好作家里边没上过大学的多。

铁生当时住在一个小杂院,我去看他的时候,他数着手指给我算的。当时算了好多人,安忆没有上过大学,王朔也没有上过大学,还有好些作家,他把莫言也归到没有上过大学里,莫言那个军艺不算,如果莫言那个算的话,我们北师大那个也可以算,所以都不能算。

现在我认为,不管你是不是想做一名作家,你还是要去读大学,要大学毕业。现在时代不一样了,不要因为我没有上过大学,铁生没有上过大学,安忆没有上过大学,王朔没有上过大学,莫言也没有正经上过大学,就认为作为一个作家不需要上大学。因为我们生活在一个特殊的时代,如果当年我们有机会上大学,我们依然会成为作家。

年轻人不要去走那种独木桥,不要走那条很窄的路,刚开始的时候,还是应该走宽广的路、走大家都在走的路,等到这条路走得差不多了,有能力了,你再去走独木桥,再去走一条别人不走的路。但是你一上来就走别人不走的路,你可能会迷失方向。现在没有一个文凭、一个学位,你想去出版社做一名编辑养活自己,这个机会都没有。

我们当时每个人都有自己的工作,铁生当年在街道的福利厂工作,安忆是知青,后来又在当地的文工团工作,她发表作品以后,才有机会去《儿童时代》杂志做编辑,后来才慢慢成为一个职业作家。谁都不会一开始写作就能够成为职业作家的。

我是一边做牙医一边开始写作,莫言是一边当兵一边开始写作,所以每一个人都不是一写作就找到自己,就能够把写作作为一份职业。肯定要经过一个漫长的过程,除了少数比较幸运的人能够一举成名以外,大部分作家都要经历很多很多年,像我起码经历了有二十年,才感觉到写作能够养活自己了,一九九八年《活着》开始卖得好起来了,就开始感觉到能够用版税养活自己养活家庭了。

我也写过电视剧,就跟现在年轻一代作家会写电视剧一样,因为相对来说写影视生活费用挣得更多一点。

魏冰心:我还真不知道您写电视剧这份经历。您当时写的是什么电视剧?

余 华:写的都是晚上十二点以后放的,没人看得见。

魏冰心:什么题材?

余 华:改编了几部现代文学里的长篇小说,比如茅盾的小说。

魏冰心：后来您会看自己写剧本的电视剧吗？

余　华：从来不看，看了以后我都不想写了。那是为了挣钱，不是为了别的。写电视剧很难受，是很痛苦的经历。

魏冰心：您之前一直不愿意表现自己很努力的一面，包括我看说您在鲁迅文学院，你们毕业的时候要写感言，别人都很认真地写在写作方面的收获，你写的是天天打球，还学会了下围棋。

余　华：那确实是我在鲁迅文学院的生活，因为我们只有一个篮球场，有时候在球场上打篮球，有时候在球场上踢足球。确实也学会了下围棋，我们班还进行过一次围棋比赛。

魏冰心：您拿了第几？

余　华：大约是第五第六的样子。

魏冰心：还不错。

余　华：当然不错，刚学会。

魏冰心：当时统计鲁迅文学院学习成果的时候，您的表格写得特别满，统计了您在各个杂志发表的小说，也包括即将完成的长篇《在细雨中呼喊》，但是您写感言的时候为什么故作轻松？

余　华：我忘了我写过这样的感言，但那确实是我的风格。

魏冰心：您不喜欢渲染努力这件事情？

余　华：就好比在意大利都灵时我们四个中国作家——莫言、王朔、苏童和我，我们标题是《我为何写作》，我的理由就是为了不想做牙医，想去文化馆过不上班的生活。

莫言因为当时当兵，他做过一段时间哨兵，在大门口站岗——我都怀疑那是他编的——他就一直站在那儿不能动，但是他的眼睛可以看，穿着皮鞋进出的都是军官，穿着球鞋的都是士兵，所以他也想给自己买一双皮鞋假装军官。没钱怎么买？写小说发表后有稿费，就是这个借口。后来我们在牛津大学演讲的时候，莫言又换了一种说法，说他为什么会走上文学道路呢？说是"文革"的时候，潍坊的一个作家被批判了，原因是他早晨起来吃饺子，中午吃饺子，晚上还吃饺子……一天三顿饺子，莫言一听一天可以吃三顿饺子，"那我也当作家"。

这是一样的道理。再写我多么努力，我读了多少书，我写了多少作品……这多无聊，可能是我们的性格里更想写一些不是很正统的或者不是正儿八经的东西，还是想写一些顽皮和调侃的东西。当然我们这代作家中谈论自己如何走上文学道路也有很严肃的，但是我们这几个是不太严肃的。

魏冰心：您刚刚也主动提到莫言老师了，当时怎么这么巧您俩被安排在一个宿舍。宿舍里面就你们两个人吗？

余　华：三个，还有刘毅然，他在军艺工作，他家在北京，他还有孩子，那个时候他孩子在上幼儿园，他基本上不来宿舍，上课时坐公交车过来，跟我们吃一顿午饭以后，在他的床上坐一会儿，跟我们聊聊天，就马上要回去，因为家里也忙。基本上是我和莫言两个人，不是我们自己选的，是分配的。

魏冰心：我就说怎么分得这么巧，难道是按文学水平分的吗？（笑）

余　华：不是。分到了一起完全是一种偶然。

魏冰心：我看到很多当时的描述，说是您俩中间用衣柜隔着？

余　华：对，有两个衣柜，其实我们的宿舍只有一个衣柜的，其他同学宿舍都有两个衣柜，不知道是什么原因，有一天我从外面晃荡着回来，忘了是上街还是打球了，看到走廊上放了一个空衣柜，可能是某个宿舍有三个衣柜，房间小放不下就搬出来了，我就赶紧回到房间看看莫言在不在，一看他在里面，我跟莫言说，走道上有一个空衣柜，我们赶紧把它搬过来，因为我一个人搬不动，搬过以后就每人都有一个衣柜了。

两个衣柜可以把我们那个房间隔成两半，但是中间有一条缝，我们的书桌都是朝同一个方向的，当时他在写《酒国》，我在写我的第一部长篇《在细雨中呼喊》。写累的时候身体往后一靠，从缝里面就能看到对方，感觉确实不太好，后来他找了一个挂历，八十年代影星们的挂历，一挂上以后互相看不到了，两个人就都写得很顺利了。

魏冰心：要是天天能看见就写不下去了？

余　华：反正他看我一眼以后，他没灵感了，我看他一眼以后，我也没灵感了。

魏冰心：您好像提到莫言老师写到激动处会抖腿？

余　华：那是他在军艺的时候，抖腿的原因是他当时听Walkman磁带机，当时买一个大概一千块钱，那个时候莫言稿费很多，是富豪，比我们都有钱。他拿Walkman用耳机听音乐，听的时候就会抖腿。军艺为什么只出了一个莫言呢？别人的灵感都被他抖光了（笑）。在鲁迅文学院他没有抖，没有影响到我，我们很安静。

魏冰心：那您写到激动处的时候会干什么？

余　华：我写到激动处的时候继续写，激动来的时候得抓住这个机会不能放弃，继续写，写到身体疲惫不堪为止。

谈写作计划——"我还有几部没有写完的长篇"

魏冰心：从一九八七年到一九八九年，您写过侦探小说《河边的错误》，写过才子佳人小说《古典爱情》，也写过武侠小说

《鲜血梅花》,当时为什么会密集地进行这种题材上的尝试?

余 华:那个时候我属于在文学上的探索时期,还在努力寻找自己。我觉得对于一个作家来说,一生中就是两步,第一步是找到文学,找到文学以后,第二步是找到自己,所以那个时候我属于在寻找自己的过程中,这条路走一走试试能不能走得远,一看好像走得不会太远,那就回来吧,换一条路再走一走。

当时我突然想写戏仿小说,戏仿带有畅销书的性质。《古典爱情》是属于戏仿才子佳人,戏仿冯梦龙的,很残酷;《河边的错误》是戏仿侦探小说;《鲜血梅花》是戏仿武侠小说。《鲜血梅花》是给《人民文学》写的,那时候朱伟是《人民文学》的小说组长,主编是崔道怡,朱伟告诉崔道怡,余华给我们写一篇武侠小说,崔道怡还很期待,拿到稿子发现上当了,里面没武打。

魏冰心:怎么没打呢?您在《我在岛屿读书》里说,您读金庸的时候是跳过爱情戏,只看打戏的。您自己写怎么不武打了呢?

余 华:我不能让它有武打,有武打的话就不是戏仿了。

魏冰心:"反武侠"?

余 华:可以这么说,我是"反武侠,反侦探,反才子佳人"。

魏冰心：您从《在细雨中呼喊》《活着》到《许三观卖血记》，五年之内写完了人生的前三个长篇，《活着》和《在细雨中呼喊》分别只用了一年，这种接近"井喷"的状态听起来就很让人激动。当时的写作状态是什么样的？我记得您好像说过《活着》的主体内容是在五棵松附近那个八平方米平房的小桌上写出来的。

余　华：对。《活着》是在北京写完"解放前"那部分，然后回到嘉兴写完"解放后"，也就是一九九二年年初开始写的，一九九二年《收获》最后一期发表了。

魏冰心：当时为什么有这么强的创作力，年轻气盛？

余　华：那个时候生活单纯。而且《活着》写完了后，只是在《收获》上发表。当时中国的出版业处于一种休眠状态，不能说是死亡，是休眠，民营出版当时还没有起来，杂志发表后就结束了，当时出书很困难。

一九九三年我儿子出生以后，我突然有一种责任感要去挣钱，写了两年的电视剧，挣了一笔钱以后，当时感觉把我儿子养大的钱赚够了，继续回来写小说，写《许三观卖血记》。如果不是为了写电视剧挣钱，我中间可能还会有一部长篇。

我写《许三观卖血记》的时候，莫言回高密写《丰乳肥臀》，我们大概一个星期会通一次电话，有时候他打过来，有时候我打过去。我们电话里闲聊，问彼此写得怎么样了。我印象很深，当时互相常问你的小说有题目没。我问他有吗，他说有了。我说叫什么,他说叫《丰乳肥臀》,我在电话里面大笑。莫言在生活中是一个喜欢胡扯的人,起码跟我在一起的时候经常胡扯,我以为他又跟我胡扯。等笑完以后我说真的假的,他说真的。然后我就跟他说,这书名真不错,我真的认为这是一个很好的书名。

魏冰心:您大概在什么时候确定了自己是一个出色的小说家?面对这么多同样很优秀的人,是什么时候确信自己写得很好的?

余　华:一九八六年。一九八六年大概十月,我带着《十八岁出门远行》来参加《北京文学》的笔会。当时我写完以后自我感觉非常好,我觉得这篇小说写得很好,而且我感觉到,最起码是属于我说的找到文学,是否找到自我,还得继续往前走。

李陀给我一个评价,说"你已经走在中国文学最前面了",这(对我来说)很重要。然后他很好奇,他说一个他从来没听说过的小镇上的作家,怎么会写出这样的小说。后来我们笔会期间经常在一起聊天。李陀是一个充满好奇心的人,他就问我都读过一些什么书,喜欢什么作家。我跟他一说,他很惊讶。后来我开始发现,北京那帮作家们读过的书,我在海盐都读过。

魏冰心:海盐的书还挺新潮的。

余　华:我自己去找的,那时候海盐的新华书店已经不怎么进书了,我专门去新华书店后面的办公室,差不多每周我都会去看社科新书目，我在书目里选书，选好了以后让书店帮我去订。

魏冰心：您好像说过在杭州找到一本卡夫卡，不知道您那个时候读到卡夫卡是种什么样的感觉？比如我现在读卡夫卡会觉得，他怎么能把人类的处境写得这么好。您那个时候觉得冲击在哪儿？

余　华：就是写作的自由，那个冲击很大。当时读卡夫卡对我冲击最大的还不是《变形记》，是《乡村医生》。《乡村医生》里那匹马，说有就有，说没就没，说来就来，说走就走，而且不做任何铺垫。我想小说还可以这么写。《变形记》是扎扎实实、丝丝入扣的写法，《乡村医生》是天马行空的写法，所以当时在写作上对我启发最大的还是《乡村医生》。

魏冰心：您刚开始的三部长篇写得很快，但是慢慢地每一个长篇之间的时间越来越长，《活着》和《在细雨中呼喊》可能一年就写完了，但是从《许三观卖血记》到《兄弟》有十年，从《兄弟》到《第七天》有七年，从《第七天》到《文城》有八年，为什么创作周期越来越长？

余　华：主要是因为我们的生活确实越来越丰富了。一个原因是一九九七年以后出国的机会太多了，因为那时候我三十多岁，对出国满腔热情，就想到国外去看一看；第二是在国内的这种那种朋友聚会也变多了，过去没那么多。

还有一个原因，就是我还有几部没有写完的长篇，我的生活不够集中、不够稳定，生活状态不太稳定的情况下，我的写作也不太稳定，写着写着没有写完就搁下了，又去写下一部，写着写着下一部又没写完又搁下了，所以导致今天这种状态。当然归根结底我不是一个勤奋的作家，我不是每天都在写作。

魏冰心：可是您曾经是。

余　华：过去也不是每天都写，过去比较勤奋，但是我确实不是一个勤奋的作家。从去年得了新冠后，到今年我就没有再写过东西，因为新冠之后有很长一段时间的后遗症，连注意力都不能集中。最近改善了很多。为什么我剪了短发，就是因为出虚汗，每次睡觉醒来后枕头全湿了，头发一长枕头上就全是湿的，很难受，所以就干脆剪个短发。那个症状延续了有几个月，但是也有好的方面，我痛风没再犯过，但我没去查尿酸。一般情况下，我要是特别疲劳，痛风就会犯，这半年怎么疲劳都不会犯。所以有人告诉我说新冠能治好你某一个病，要是能把我痛风治好就太好了，我可以继续喝啤酒了。啤酒是我最爱喝的酒。

魏冰心：您不是爱喝红酒吗？

余　华：其实啤酒好喝，冰啤酒在夏天多好喝。是因为痛风以后不能喝了，所以才喝点红酒。

魏冰心：您是在去年十二月份感染新冠的，对吧？

余　华：对，十二月三日就得了。

魏冰心：到现在没有写作过？

余　华：没有写东西，有两三个月连书我都读不进去，读着读着就走神了，注意力不集中，最近慢慢好起来了，能够读一些书了。

魏冰心：您会着急吗？因为您有四个长篇都开了头，放在那里。

余　华：原来我充满信心肯定能写完，现在我都怀疑我能否写完了，我不知道。

魏冰心：您现在的目标就是把这四个长篇写完吗？

余　华：对，我希望我能够把它们写完。这样我就有十部长篇了。

魏冰心：您还有这个数量的要求，打算要一个十全十美，是吧？

余　华：哪怕没有十部，有个九部也可以。

魏冰心：我知道您现在在写一个狂欢式的喜剧？

余　华：另外一部跟"狂欢"这部都在写，但是"狂欢"短，所以我想把它先写完。

魏冰心：另外一部是什么？

余　华：另外一部是《兄弟》之后开始写的。我现在很后悔，就是二〇二〇年我把《文城》完成以后，没有抓住二〇二〇年和二〇二一年这两年的时间，这两年还是有很多写作时间的，因为大家基本上都不怎么出门。

那两年的时间就这么一晃过掉了，其实那两年我要是抓紧一点，中间有一部应该已经完成了，我有点后悔没有抓住机会。到了现在，各种各样的事情又开始多了起来。

魏冰心：我刚刚问您创作周期慢慢变长的原因，您说有很多事情要做，有没有可能在写作上也变得有一些顾虑？

余　华：没有写作顾虑，因为其实我对自己的要求说起来很简单，第一，不要重复，比如我有六部长篇，我的第七部应该跟前面的六部是不一样的，这六部也是各不一样的。第二，这六部长篇已经拉出来一条质量平均线，我只要达到这个平均线就够了，我对自己的要求就是这样，这一点我认为我是能够达到的。虽然可能一部小说出来的时候会有各种各样的声音，但是我自己知道这部作品的质量是怎么样的。

魏冰心：您觉得只要能够达到一个基本的平均线就可以拿出来，而不一定追求它一定要比之前出版的好？

余　华：要比我那六部长篇小说写得更好，我好像已经没有那样的能力了。当然从我自己的评价来说，我认为它们都很好，但是读者们会认为这个好、那个不好，或者是一般，或者都不好，这是读者们的看法，我无法左右。我从自己的角度来看，当我把这部作品拿出来的时候，我肯定认为这部作品写得是很不错的。

谈代际 ——"我们没有资格去告诉现在的年轻人应该怎么做"

魏冰心：我在看您资料的时候，发现一九九三年对您非常重要：《活着》的单行本在一九九三年出版，一九九三年您正式把组织关系调到了北京，一九九三年有了儿子余海果。我在看《没有一条道路是重复的》的时候，前面好几篇是关于余海果的，能感受到您初为父亲的兴奋，我们也都因此知道了余海果小名叫"漏漏"。

余　华：对。

魏冰心："漏漏"长大以后看到这些文章是什么反应？

余　华：他好像念中学的时候看过。

魏冰心：什么反应？

余　华：他觉得挺好玩。

魏冰心： 没有说您泄露他的隐私吧？

余　华： 没有批评过我。

魏冰心： 你们俩的相处方式大概是什么样的？

余　华： 我们现在就像朋友一样相处。

魏冰心： 您应该不是很严厉吧？

余　华： 我严厉不起来。他一九九三年出生，今年已经三十岁了，各方面都已经很成熟了，尤其是在电影、文学、音乐这些艺术方面，他的感觉非常好，这不是我自夸儿子，他确实是感觉非常好。

原来我们不讨论艺术、文学这些话题。他上高中的时候，我跟太太坐在楼下沙发里聊天，他从楼上下来，手里拿了一张VCD，说要给我们看一部特别好的电影，我们说什么电影，他说是伯格曼的《第七封印》，我们说我们早就看过了，他非常惊讶："你们知道伯格曼。"

从那时候起我们开始讨论电影，讨论文学作品，讨论音乐，看着他一点点成熟起来，他现在已经常常能够启发我了。

魏冰心： 我前两天把《收获》[1]买回来读了一遍，看文字感觉余海果应该是个蛮有个性的写作者。但我发现您很少对外提及

---

[1] 余海果的短篇小说《全身麻醉》发表于《收获》二〇二三年第二期。——编者注

余海果小说家的身份,是不是也不想给他"余华的儿子"这种身份上的压力?

余　华:他去年六月做了一次膝盖关节镜的全身麻醉手术,一两个月后,他说写了一篇《全身麻醉》。他说想把住院的经历写出来,我想住院经历怎么写,有什么意思,结果写成这样。我认为写得不错,我太太看完以后也认为写得不错,我说要不就寄给《收获》试试,结果《收获》给他发表了。发表后确实有好多媒体报道了,网上也有一些议论,一个发表第一篇小说的人会受到这样的关注是因为他有我这样一个父亲,反过来这也给他带来了一些负面的东西,这是他应该面临的,应该去承受的。

我读完《全身麻醉》时,提出一个意见,小说里的对话是不是不要挤成一团——因为每个作家都有自己的风格。我不管是写先锋小说还是后来那些小说,在叙述上都追求一种清晰度——我对他说,你的对话能不能拆分一下,别挤成一团。他不同意,他说要不就没有这个效果了。

我说既然你不同意,那就这样吧。我对我的学生也是一样的,我提我的意见,如果学生不同意我也认可。仍然推荐给文学杂志,如果编辑不同意,你们去商量。我也不都是正确的,但是我能够告诉他们一些我的意见。

《全身麻醉》在《收获》发表后,我重读一遍后跟他讨论,我说我觉得你是对的,不拆分是对的,什么原因呢?一九八七年我写完《现实一种》后,还想写一篇小说《混乱一种》,写一种混乱状态，结果我写了大概几千字，写不下去了。我说我现在明白了，是叙述的问题，我的叙述由于追求的是一种清晰度，是写不出那种混乱感的，只有像他这种挤成一团的，才有一种混乱感。

魏冰心：他会主动向您寻求写作上的建议吗？

余　华：他不让我们看，他只有在写完以后才会给我们看。

魏冰心：对于他要写小说这件事情，您是什么态度？

余　华：他以前是断断续续的，大概一年前才认真开始写作。我觉得写作是对自己思维的训练，无论他将来是不是继续写下去，这都不重要，重要的是他在他这个年龄把自己的思维训练了。

魏冰心：您作为父亲，对儿子其实没有职业上的期许？他想干什么您都挺支持他的？

余　华：当然，他想干什么就干什么。

魏冰心：有了儿子之后，您对父亲的理解会不会也有些变化？

余　华：我们家余海果还是教会了我一些东西，让我明白了一个道理，因为人都是健忘的，当我二十来岁的时候，我会跟我的父母有矛盾，当我儿子二十来岁的时候，我跟他之间也会产生矛盾——一代又一代人都在犯同样的一个错误，就是拿自己的经验去指导年轻人，但是要知道我们所处的时代、我们成长的环境跟我们的父辈是不一样的。

当年我们父辈用他们的成长环境、用他们的生活经验来教训我们的时候，我们认为不着边际、对我们没有用，个人经验对个人来说也不一定有用；那么我拿我的生活经历、我上中学时整天游荡的经历来教育现在的年轻人，教育我的儿子，也是没有用的，因为生活的环境、成长的环境不一样了，我们所处的时代不一样了，所以我们没有资格去告诉现在的年轻人应该怎么做。这是在我儿子成长过程中我逐渐意识到的一个问题。

魏冰心：我不知道您愿不愿意谈论您的父亲，在您这个年纪，如何面对亲人的老去是一门必修课。

余　华：在我刚刚开始写小说的时候，我父亲是反对的，用各种方式阻止我，因为他是从那个时代过来的，那个时代只要写东西的人都没有好下场，当时有一句话叫"黑笔杆子"，"黑笔杆子"都是要被打倒的。他基于他的经验，觉得做一个牙医挺好，做一些技术活，平平安安度过一生，但是当我开始发表作品，而且慢慢发表的作品越来越多以后，他对我是全力地支持了，各方面的支持都有。

他经历了一次人生比较大的困难，二〇一九年的时候，本来我是去不了吕梁的（此处指首届吕梁文学季），因为我父亲要在杭州动一个脑膜瘤的手术，脑膜瘤是良性，但位置比较深，我就跟贾樟柯说，很抱歉我来不了。结果主刀医生出国去参加学术会议了，推迟了我父亲的手术，我就告诉贾樟柯我来了，贾樟柯给我回微信说，谢谢医生。所以我去拍了《一直游到海水变蓝》，当时叫《一个村庄的文学》。

后来我父亲手术完了，我又跟莫言、苏童去了趟英国，等我再从英国回来的时候，我父亲基本上已经病危了。因为我父亲动手术时八十八岁了，所以他手术完以后要过的第一关就是肺炎关。本身手术以后肺炎没有好，因为吃了东西又变成了吸入性肺炎，更加严重，生命垂危，在杭州医院里也没法治好，就回到我们海盐的医院了。

我从英国回来后第二天就回到海盐，那天专门没有给他打安眠那种针，让他看看我。我父亲用一种求助的眼神看着我，我母亲已经开始准备后事了，说是给他穿什么衣服之类的，我哥哥就放专家会诊的录音录像给我看。

我不死心，说难道一点希望都没有了吗？我跟海盐的医院提出要求，说你们能不能跟上海瑞金医院联系，请他们来会诊一下。后来转院去了上海瑞金医院ICU，到瑞金医院后发现医院跟医院太不一样了，瞿洪平主任是一个顶级的好医生，我父亲在那里住院住了两个多月，然后出院坐着轮椅回家。

我认为好的医生和好的作家有一个共同点，总是能在消极里发现出积极来。我在那里学到很多，瞿洪平主任跟我说，他的责任不是让我父亲活下去就够了，是要让他活得有质量，要让他把三根管子全部拔掉。他说不要因为我父亲是老年人，就觉得能活着就不错了,老年人也要追求生活的质量。最后我父亲管子拔掉以后才出院,现在九十一岁了,可以拿着助步器走路。

我父亲有一个最大的优点:他有爱好。他上午要看一下新闻,下午要看一下新闻,晚上还要看《新闻联播》,这是每天必须做的。如果不下雨的话,他要坐着轮椅出去转一圈,他很乐观,同时他又有兴趣。所以老年人一定要有兴趣,什么兴趣都没有的话,他就会越来越消极,要是有兴趣的话,就会活得有质量。

魏冰心:您其实在散文里也写到过你的父亲,写小的时候您跟你哥哥特别淘,然后在医院的广场上放了把火?

余 华:我父亲原来是省防疫站的,当时浙江省防疫站主要工作就是对付血吸虫病。我父亲一生的理想就是要做一名医生,所以他当时到了嘉兴以后,就想留下来去嘉兴的医院,结果没让他去医院,让他去卫校做教务长。

我父亲又下到海宁的医院,当时海盐是海宁下面的,后来两个县拆开了,拆开后我父亲跟他另外的几个战友到了海盐,终于做成了一名外科医生。他那个时候动手术动得最多的一是阑尾炎,二是脾脏切除手术。

当时我们海盐县人民医院的第一辆自行车是给我父亲买的,因为我父亲工作需要,他在礼拜天的时候要骑着自行车去乡下回访动了大手术后出院的那些病人。那时候我跟我哥哥轮流,这个礼拜天你坐后面,下个礼拜天轮到我坐后面,我就跟着我父亲到乡下去。我父亲身上斜挎一个药箱，自行车一骑起来后，小时候能感觉到风吹过来那种爽……

到了下面以后去问他们什么病，然后把药送过去。当时其实农民没有公费医疗，但是好像也可以不收钱，重症病人可能是特殊情况，我对当时的制度不是很了解，但我相信没有现在那么严格。我父亲就能够决定。那种很重的病人再加上农民家又比较穷，可能买不起那些药，所以给他们送药去。

"文革"开始以后，最早造反派没有想到怎么整我的父亲，想着把他弄到乡下去已经可以了，后来发现便宜我父亲了，因为他们原本可以把他提溜回来打倒的，后来发现找不着他了，他今天在这个农民家，明天在那个农民家……他在农村人缘特别好，好多农民保护他。

把我父亲发配到乡下是有原因的，当时在医院一块空地上支起一个很大的茅草棚，本来是准备动完脾脏手术的病人住不下，安排到这里，可是"文革"来了，这里就变成了开批斗大会的地方。我哥哥去玩茅草、点火，他一点上就让我撒一泡尿把它给浇灭。问题他点第二把火的时候，我没尿了。我没那么快又有尿，又不是消防车的水龙头，消防车的水龙头也会没水的。

魏冰心：你俩没配合好。

余　华：他忘了他可以自己撒尿，他看火一大就逃跑了，我也跟着逃跑，最后当然被抓住了。我们只能坦白交代，我说的第一句话是"不是我点火烧的，是我哥哥"。

魏冰心：我记得您好像说当时你的父亲其实是想去救火，是想当个英雄的，是吧？

余　华：对。

魏冰心：结果您一张嘴说"这火是我哥哥放的"，变成了一个纵火犯了……

余　华：后来我父亲被一次又一次批斗，那把火其实救了我父亲，当时的造反派抓住这个理由就把他流放到乡下去了，不让他在县医院，结果想把他揪回来的时候找不着他了，所以那把火其实也救了他。

魏冰心：因祸得福。

余　华：对，什么事情都是这样。

魏冰心：您从父亲身上学到最重要的东西是什么？

余　华：我父亲最了不起的一点是活到老学到老，而且他有远见，他在"文革"的时候就开始学英语了，当时每天早晨四点多有广播学英语，他再忙再累四点多都要学英语。

他说他要提前学，学一门语言没有坏处，结果"文革"结束后重新开始评职称，他第一次考副主任医师就过了，他的好多同事英语都没过关，他的英语大概考了六七十分，反正及格了，所以他是"文革"之后第一批评上副主任医师的，他是有远见的。

而且还有一点，他很认真，他什么手术都做，普外、脑外、骨科……后来改革开放，要盖房子，需要石头，我们那边就用炸药开山，开山的话经常有外伤，骨折、脑外伤，所以他又学脑外。后来他又学显微外科，其实都已经五十岁了，每天拿线在手上练手指的动作。他特别认真的一点是，明天要有一个手术的话，他在手术前一天吃完晚饭以后，我们不能打扰的，必须有半个小时到一个小时的时间，他要把那本跟他手术相关的书再重新认真看一遍，他要知道神经、肌肉、血管分配的部位。因为他动的手术太多了，除了心脏他不会动以外，从脑袋到骨科太多的手术要动，所以他会担心记不过来，可能记错了，因为年纪大了。

魏冰心：您其实也是一个很认真的人对吗？

余 华：我写作的时候很认真，平时不认真。

谈批评——"只要不让我回去做牙医，什么样的批评我都能够接受"

魏冰心：要不聊聊《活着》？因为刚刚也说到，它的单行本是一九九三年出的，到今年刚好是三十年。

余 华：对。

魏冰心：大家都知道，不管什么时候打开排行榜，《活着》永远排在第一。您有没有想过，为什么出版了三十年，长销了三十年，也畅销了三十年，今天的人为什么还喜欢读《活着》？

余　华：书名好。

魏冰心：也不是这一个原因吧。

余　华：书名是很重要的，书名"活着"就意味着它永远活着，开个玩笑。其实我也不知道原因，但是确实那本书我自己读过两遍。第一遍是当时白烨、王中忱还都在中国社会科学出版社，他们要给我出一套余华作品集的时候，我就重读了第一遍，读得我哭得不行。后来我又读了一遍，又是哭。因为这是一个关于苦难的故事，其实福贵是用一种幸福的方式在讲述他苦难的一生，可能是这一个原因。

一本书会如此受欢迎，让作者来解释，我觉得很困难。一本书其实和一个人一样，它有自己的人生道路。

魏冰心：有自己的命运。

余　华：对，《活着》是走出了它自己的人生道路来了，所以这是我的一本幸运之书。

魏冰心：我不知道您知不知道去年有一个"二舅"的视频很火？

余　华：我看了这个视频，当时第一时间就看了。

魏冰心：这个视频出来的时候，很多人就说它跟《活着》是一样的精神内核。当时这个视频刚出来的时候一片赞美声，赞美的其实就是二舅对待苦难、对待不公的一种很淡然的态度。但是马上就有反转了，有人就批评说这种一味地逆来顺受忽视了很多结构性问题，缺乏了一些反抗性，也就没有了人之为人的价值。您怎么看待这两种声音？

余　华：我可能看得比较早，所以我只听到第一种声音，第二种声音是你刚才告诉我的。我看的时候是它最热、最火的时候，所以我看弹幕里全是赞扬的声音，第二种声音我现在才知道。

这个也可以理解，我们这个世界上有那么多的人，就会有那么多的人生。二舅有二舅的人生，另外的人有另外的人的人生。真实的二舅肯定和视频里不会完全一样，这个我们可以相信，因为一个生活中的人和一个文学作品中的人——当然文艺作品本身是虚构的，它这个视频不能说是虚构——不会是完全一样的，但是它体现出来的一种人生态度可能就是这样。有不少人可能认为他的人生态度和二舅的人生态度是吻合的，他们就感觉到安慰，感觉到治愈。另外一些人的人生态度，可能跟二舅不一样，所以他们可能就觉得不满意。

假如像"二舅"这样一个视频出来以后，没有任何质疑的声音，没有任何反对的声音，我反而认为是我们这个社会出问题了，有一点质疑的声音，有一点反对的声音，说明这个社会，起码我们这个社会的形态，还是在一个健康的范围里。

魏冰心：那"活着"跟"苟活"有什么区别呢？

余　华："活着"积极一点，"苟活"消极一点，我只能这样来区别了。

"活着"这个词汇里包含一种积极的因素，有人认为福贵是一个悲剧人物，我不同意，我认为他是一个喜剧人物，真的，可能别人认为他的一生很痛苦、很悲惨，但他认为他的一生很幸福。

魏冰心：他有最好的老婆、最好的子女、最好的孙子、最好的女婿。

余　华：对，都对他非常好。因为人生都会结束，只不过早一点和晚一点而已，但是我们的生活是否值得，要看我们自己经历了什么，福贵认为他所经历的那些很值得，他的人生对他自己来说，就是幸福的。

魏冰心：有宣传语是这样写的，说大家都喜欢《活着》，余华自己最喜欢《兄弟》。想跟您求证一下，您是更喜欢《兄弟》吗？

余　华：我曾经两次说过这样的话。第一次是在《第七天》出版前，那时我有四部长篇，别人问我四部长篇你最喜欢哪一部，我说我最喜欢《兄弟》。我做一个比喻，作品就像自己的孩子一样，这四部长篇其实我自己都很喜欢，都是我自己的孩子。为什么我喜欢《兄弟》？因为《兄弟》被人欺负得最多，另外三部欺负的人少。如果你有四个孩子，哪个孩子老被人欺负，你肯定最心疼他，所以我说是这个理由。

后来就是新经典在《活着》二十九周年、虚岁三十周年做活动的时候，我说我自己最喜欢《兄弟》。为什么呢？因为《兄弟》这样的小说属于一个机会，如果我当时没有把它写下来，机会过了就过了——一个国家四十年间那种天翻地覆的巨大变化，这样的变化在世界上任何国家都没有出现过，只有在中国出现了，我抓住这个机会给它写了出来。

虽然《兄弟》出版以后，有人说谁不知道过去那个时代跟今天这个时代是截然相反的。可是谁这样第一个写出来了？我一九九五年出版《许三观卖血记》的时候，有人说谁不知道卖血，但是谁第一个把卖血的故事写出来？后面有很多人写卖血的故事，问题是谁是第一个写出来的，这是最重要的。

这就跟艺术一样，蒙德里安、马克·罗斯科（的作品）我们好像也会这么画，但问题是他们是第一个，杜尚把小便池搬到美术馆，一个民工也会搬，但谁是第一个？《等待戈多》大家觉得自己也会写，是，我承认你会写，但你是第二个，第一个才重要。

《活着》这样的小说，我在一九九二年不写，可能还会在一九九七、一九九八年写，但是《兄弟》我要是不在那个时候写，现在就不会写了。是那个时代给予了我这种激情，让我写下来了。而且它又是我六部长篇小说里唯一一部全景式的小说，也是我最厚的一部小说，五十万字，所以我到目前为止自己最喜欢的确实还是《兄弟》。

我还想过写比它更长的小说，但是不知道能否完成，头开在那儿了。

魏冰心：我其实前两三年才看《兄弟》，但我庆幸现在才看，因为我会觉得我更年轻时其实可能看不懂《兄弟》在写什么。我现在看的时候，更喜欢下部那种——我们说它是娱乐至死也好，癫狂也好，尤其跟上部一对比，就显示出来它的力量了。您之前说过，《兄弟》出来的时候，您有一个阶段到处跟别人求证、解释，又得不到回应，所以就有点心灰意冷……

余　华：而且当时我有一个很深的感受，我不明白为什么那么多人对这个社会如此不了解。第一是我认为文学界的人可能当时局限于文学界，不关心社会，因为在二〇〇五、二〇〇六年还有这样一种风潮，你去跟人家谈经济之类的，人家对你不屑一顾，认为你这个人不务正业——当我说出某些经济数据的时候，他们很惊讶地看着我，好像觉得你这个人很无聊，他们认为文学应该是纯粹的、属于象牙塔里边的。

让我很惊讶的是，一些经济学家同样不了解这个社会。谁了解呢？官员。所以《兄弟》出版以后，凡是我认识的官员，没有一个说不好的。甚至当时有一个官员跟我说，你下部里每一个情节都是真实的。因为官员们每天面对的都是社会上一些问题，所以他们是了解的。

为什么《兄弟》在法国没有任何问题，在美国也没有问题，在德国也没有问题，因为粗俗也是一种风格。在德国刚出版的时候，德国很大的报纸《世界报》一篇书评叫《中国鼓》，把它和《铁皮鼓》对比，因为当年《铁皮鼓》出版的时候，遭遇到的批评比《兄弟》还要过分。二〇〇九年我去德国的几个城市的文学馆做签售，科隆文学馆的馆长跟我说，当年《铁皮鼓》出来的时候，德国的书评基本上一致地说垃圾、垃圾、垃圾。《洛丽塔》出来还被禁了。我的命运还是不错的，好多文学作品刚出来时都会面临一些不理解。我觉得另外还有一点，《兄弟》当时出版的时候，我们的审美相对来说比较单纯，认为只有优美的才是文学，其他的不应该是文学，但是事实上这个世界上的文学丰富多彩，什么样的风格都有。

魏冰心：就您自己的观察，随着时间的增长，《兄弟》遭受"冷遇"的状态有改善吗？现在有更多的人喜欢《兄弟》了吗？

余　华：《兄弟》现在（受到的评价）基本上很正面，当年批评《兄弟》的几个评论家，现在也已经表示他们改变原先的看法了，所以我就想，作品确实是需要时间的。

其实《活着》和《许三观卖血记》当年出版的时候，文学界也有很大的批评声音，那个时候他们的批评主要针对我风格的转换，就是一个先锋派作家去写《活着》，去写《许三观卖血记》，甚至还有一个人为此很生气，说一个先锋派作家居然用了赵树理风格的书名……赵树理写得多好，我当时觉得这是对我的表扬。可想而知当时有一种比较狭隘的文学观念，认为你就应该这样，认为我应该永远按照《在细雨中呼喊》之前，《十八岁出门远行》之后这样的风格写一辈子。

我记得当时《许三观卖血记》和《活着》受到批评以后，铁生还赞扬了我，他接受了一个采访。我当时说过一句话，我说没有一个作家会为一个流派写作。铁生接受采访时说"余华这句话说得让我们心明眼亮"。

这是《活着》教会我的。作家跟经济学里所说的"路径依赖"一样——当我刚开始从事写作，掌握了一套自己的叙述系统，它让我得以成功之后，作家对这个叙述系统会很依赖，有些作家会去使用一辈子。但是《活着》教会了我什么？当我面对一部新的作品的时候，我要忘掉之前自己的叙述习惯，要去寻找更适合这部作品的叙述风格，不能用一套叙述风格去套不同题材的作品，这也就导致了我的六部长篇小说是不一样的。但忘掉一部作品可能需要两到三年的时间，这也就导致了我后面的小说越写越慢。

魏冰心：其实刚刚也说到，《兄弟》当时批评声很大，《第七天》也是，我不知道您是打趣还是认真的，您说《文城》出来的时候已经做好挨骂的准备了，结果都不批评了，不骂了。您后来有没有想明白这是怎么回事？

余　华：他们肯定也累了，老盯着我骂也觉得没劲，但还是有一些批评声音的，可能对于别的作家来说已经不少了，但是对于我来说已经不算多了。因为我经历过《兄弟》到《第七天》，

《第七天》的批评声音比《兄弟》还要多。但是到了《文城》确实我也不知道为什么，有批评，那些批评是集中在题材上的，不是对于作品本身的，说我进入了一个安全区域，我在逃避现实。

魏冰心：不敢直指当下了。

余　华：对。

魏冰心：因为对比来看，《第七天》很明显是要处理当下的。

余　华：我写最近的别人不满意，我写更远的别人也不满意。我倒是不同意这样的批评，一个原因是，从文学的角度来说，没有一个时代是旧的，也没有一个故事是旧的，就看你是怎么写，从什么角度切入，切入进去以后，你要找一个新的角度去写。

魏冰心：一直关注批评的声音会不会反而也会左右您的写作？或者说，会让您受到伤害吗？

余　华：好像没有，我这方面心理比较强悍。就要看如何看待批评，直白地说，走到我今天这一步，批评已经不会把我打回去拔牙了，所以我已经不那么担心批评了，我不可能改变我的职业了，我会继续写作，只要不让我回去做牙医，什么样的批评我都能够接受。

但是我尽量从批评里去寻找对我有益的东西，因为我觉得要是没有批评的话，我可能也很难进步。因为我记得看过《活着》《许三观卖血记》的批评后，我就想我应该再写一部更加完全不同的作品，我就写了《兄弟》，当时我以为《兄弟》出来以后会好评如潮，结果是骂声如雷。

《活着》和《许三观卖血记》我已经历了一些批评，《兄弟》刚开始出来被批评时，我真有点不习惯；到了《第七天》我稍微习惯一点了。其实我的写作经历就是一个不断被批评的经历。

现在当然没有多少人批评我了，要知道在当年批评有多大，当年就连杂志都不愿意发先锋文学。我记得当时有一个刊物的主编，公开说我们写的不是文学，说我跟苏童、格非，甚至莫言、残雪、马原……整整这一批人写的都不是文学，他当时的文学观念完全是排斥我们的，除了陈晓明、张旭东、张清华这样与我们同时代成长起来的那帮评论家对我们极尽认可，其他老一代批评家对我们几乎是排斥的。之后到了《活着》和《许三观卖血记》的时候，我就两头不讨好了。

魏冰心：当初支持先锋文学的人也觉得你变了。

余　华：老一代的批评家还没有准备好接受我，所以我两头不讨好，很孤独。回顾起来，我觉得从《十八岁出门远行》开始，一直到现在为止，我的作品发表和出版的历史，就是一个遭受批评的历史。

当然同时也有赞扬的声音，我觉得我慢慢习惯了。而且我现在已经比过去能够更加正确地面对批评的声音了，我尽量在批评里寻找对我有益的那部分东西，有些他们说的其实是有道理的，我会努力在之后的写作中改进。

魏冰心：在这么多批评声中还能继续往下写，其实已经很厉害了，有的人可能被批评后就不写了。

余 华：问题是不写以后可能还会去拔牙。

魏冰心：您不是说靠《活着》活着吗？

余 华：我还在写。

谈文学野心——"我指望在中国成为一个不被别人忘掉的作家就够了"

魏冰心：《文城》刚出来的时候，我们朋友之间彼此碰了面都要问，看了《文城》没有？一次活动结束我跟一位青年作家在出租车上聊起《文城》，我说我觉得余华身上还有一种少年感，这是非常个人的感受，我也没有找到理由去支撑它。那如果让您自己说，您觉得自己身上有没有什么特质是从少年时代到现在一直都没变的？

余　华：名字没有变，我还是叫这个名字，没用过笔名。

魏冰心：用过！花石。

余　华：花石是用过，但余华这个名字从出生用到现在了，一直没有变，其他的我想想……我性格中最主要的内容也没有变，我一直认为决定一个作家最终是否能够走得更远的不是才华，是性格。因为到了一定高度以后，作家的才华是差不多的，性格才会让这个作家走得更远。具体到我的话，对自己工作的不满足感，这是我从少年时代一直延续下来的东西，到今天依然有，对自己还是不满足，还是想努力做得更好。

还有一个因素决定了一个作家能否走得更远：运气。一个人和他所从事的职业相遇是一种运气，我和写作相遇就是我人生中一个最大的运气，假如我当时从事别的工作可能做得也还不错，我可能就会误以为那个工作是最适合我的，很多人都是这样。

另外，一个作家在什么时候写什么样的作品又是一个运气，为什么我认为《兄弟》对我来说是特别重要的，因为我在最应该写这部小说的时候写了它，晚几年可能不一定这么写，早几年也写不出来。你看拉美四个最重要的作家，当年通俗的说法叫爆炸文学，马尔克斯、略萨、富恩特斯、科塔萨尔，马尔克斯现在显然是这四个人里面最伟大的，什么原因呢？《百年孤独》。

《百年孤独》别人没有，《百年孤独》就是比富恩特斯、科塔萨尔、略萨他们都要高一截，可能高得并不多，只有两公分，但是你要知道在最高的地方再高两公分是很难的。这两公分是怎么来的？就是马尔克斯运气好，他在最该写《百年孤独》的时候写了《百年孤独》，他自己在回忆录里说，他本来并不准备写作，拿了一笔钱，带着一家人，跟老婆孩子开车出去旅游了，对于拉美人，玩很重要。刚开出城，《百年孤独》的第一段话从脑子里面冒出来了，他就掉头回家写作了，交给他太太四千美金，说我半年写完，结果写了两年。他有幽闭症，必须租一个别墅，租一个house，要有落地窗的，要在楼上把窗帘拉开，阳光明媚照进来，这时候他就感觉特别好，一旦是阴天他就感觉不太好。他每天写到下午三点收手，然后就跑到楼下他太太的房间里面去跟他太太说句什么话你知道吗？他说"我这哪儿是在写作？我简直是在发明小说"。他认为他是在发明小说，你就知道他当时的状态好到什么地步，几乎每次下楼都要跟他太太说这么一句话，没有说两年也得说了有一年吧。

我作为作家我是能够理解的，只有在你最适合写这部作品的时候写了这部作品你才有这种感觉，这种很好很好的感觉，所以这又是一个运气。

魏冰心：您之前的聊天里用了一个词是"野心"，您说您是一个挺有野心的人，这个现在还在吗？

余　华：还在，但是相对来说不像年轻时候那样……怎么说呢？现在的野心就变得比较实际了，不像年轻时候有那么一点点虚无，现在的野心已经跟自己的能力相结合了，就是知道自己能够写到什么程度了。

魏冰心：年轻时候的野心是什么？

余　华：我在很年轻的时候，希望自己能成为陀思妥耶夫斯基和托尔斯泰这样的作家。现在我已经知道不可能了，达不到那么高的高度，但是我野心依然在，因为我不能指望外国，我指望在中国成为一个不被别人忘掉的作家就够了。

魏冰心：这个您已经实现了。

余　华：现在不知道，很可能过一百年以后就没有了。

魏冰心：您是什么时候沮丧地发现自己成为不了陀思妥耶夫斯基的？

余　华：《兄弟》之后我已经发现了。

魏冰心：《兄弟》对您来讲还真的非常重要。

余　华：对，我写《第七天》的时候也是雄心勃勃，觉得应该写一部类似于乔治·奥威尔的作品，但是后来发现也达不到，然后我就知道自己虽然野心还在，但是变得实际了。陀思妥耶夫斯基也好，乔治·奥威尔也好，任何其他作家都写不出他们的作品来，这是一个现实，但是你要达到相同的水平，这个很难说，因为这是需要更长的时间来积累的。因为文学史不是我们今天的人写的，写今天的文学史的人是谁？是现在上幼儿园的孩子，甚至是现在还没有出生的孩子，是他们来写我们。今天写出来的文学史，很可能后面的人不认可。

魏冰心：您说《兄弟》写出来以后，您就知道成为不了陀思妥耶夫斯基了，您是写完后自己就知道了，还是大家的评价出来以后？

余　华：写完以后自己就知道。写上部时候的那种激烈程度，我是觉得在努力靠近陀思妥耶夫斯基，因为陀思妥耶夫斯基的作品是很激烈的，上部尤其到了后面确实很激烈，但到了下部以后，我发现不是陀思妥耶夫斯基，是拉伯雷，或者是其他人，最终当然还是我自己，肯定不是其他作家。

魏冰心：当您意识到这件事情（成为不了陀思妥耶夫斯基）的时候会感到沮丧吗？

余　华：不沮丧，因为我觉得我已经竭尽全力了。而且说实话，托尔斯泰和陀思妥耶夫斯基，谁都无法跟他们比较。现在我心目中，如果这个世界上要举前五位作家的话，这两位必定在其中，他们是世界上最顶级的作家。

魏冰心：您说前五位的作家，能不能给我们一个您心中的排名？

余　华：托尔斯泰、陀思妥耶夫斯基……

魏冰心：陀思妥耶夫斯基在托尔斯泰之后吗？

余　华：陀思妥耶夫斯基在托尔斯泰之后，托尔斯泰第一，陀思妥耶夫斯基第二。第三，我们把剧作家排出去好吧，把莎士比亚排出去，只说小说家，在我心目中第三，从我个人喜爱程度的话，应该是狄更斯，我是尝试排一下。

魏冰心：但狄更斯这些年在国内的受众好像不是很广了。地位上其实没人质疑，但是好像现在看狄更斯的人少了，因为在我小的时候还很多人看《双城记》。

余　华：《荒凉山庄》《大卫·科波菲尔》……

魏冰心：但现在好像提它们提得比较少了。

余　华：是吗？这我不知道，反正在我心目中他确实是（第三），因为我很喜欢狄更斯在描写人物的时候是略带一些夸张的，我在《兄弟》里面也有这个味道，所以这是我个人的原因。

《兄弟》英文版在美国出版的时候，美国有一个重要的评论，属于NPR（美国全国公共广播电台）里一个荐书的最重要的节目（此书评栏目为Fresh Air），那个书评人叫莫林·克里根（Maureen Corrigan），她就把我跟狄更斯相提并论，为此她还专门讽刺了美国一个大作家，汤姆·沃尔夫的《虚荣的篝火》，她说这次的便宜货不是中国制造，是美国制造。

我对狄更斯特别喜欢，跟《兄弟》也有点关系，就是因为莫林·克里根的提醒，我发现确实是这样，《兄弟》中的人物到了下部也比较夸张。狄更斯笔下有些人物确实也是比较夸张的，但是又不是那种脱离现实的夸张，是脚踏实地的夸张，因为《兄弟》的原因，我把狄更斯放在第三。

然后第四太难了，司汤达、福楼拜、巴尔扎克，伟大的法国文学不能没人，必须得有一个，就福楼拜吧。第五应该是两个，要不我就没法选了——两个二十世纪的，卡夫卡和马尔克斯。可以并列吗？

魏冰心：可以并列。

余 华：其实第三就可以并列了。

第三跟狄更斯并列的，很犹豫。其实福楼拜是可以跟狄更斯并列的，但是福楼拜作品太少，除了《包法利夫人》是一部经典外，《情感教育》不是一部特别成功的小说，所以我觉得他唯一真正的作品只有一部，倒也够了。狄更斯有很多作品，而且他的作品质量都很高，没有哪部作品突然往下掉，这跟托尔斯泰和陀思妥耶夫斯基是一样的，他们都是作品比较多的作家，托尔斯泰我们常说的三部长篇是那种大的，他还写了好多十万字左右的，按照中国现在的标准都是长篇了，都可以出单行本的，他当年在俄罗斯出的也是单行本。

我看看还有哪个作家……还有拉伯雷吧，拉伯雷可以和福楼拜并列第四。

魏冰心：我想了一下不行，你要是把他们并列第四，马尔克斯跟卡夫卡就没法排进来了……

余　华：那算了，当然这是我的个人嗜好。

理想晚年——"写到我写不动了"

魏冰心：您畅想的一种理想的晚年生活是什么样的？

余　华：晚年的生活努力向我父亲学习，找一些乐趣，每天要有事做，这样的话就能够把（时间）一天一天地度过。假如一个人没有兴趣的话，晚年真的是会很苦，因为身体各方面的病痛都会是一种折磨。我父母都很老了，都九十多岁了，所以从他们那儿我已经知道一年不如一年是什么体验。

我也看过一些人在讲述自己的经历，七十岁以前总觉得自己还很年轻，七十岁以后突然发现自己开始衰老了，还有一些人说是到了八十岁以后完全不行了，九十岁就在死里回生……所以，这很快就会来临。

魏冰心：但我觉得写作有一点比较好，就是作家不会退休。像我们这种上班的人会有一个退休年龄，好多人一旦从一个很忙的工作状态突然退休，他就会很失落，因为觉得这个社会不需要他们了。

余　华：对。作家的退休时间由他自己来掌握，如果还继续写的话就不是退休。

魏冰心：其实很多人都想问，余华老师会写到什么时候？

余　华：写到我写不动了，这一天迟早都要来临的。在我三十多岁的时候，有一位记者问我，说你有没有担心你的才华会枯竭。我说才华不会枯竭，但是生命会枯竭，因为作家的才华只会越来越成熟，如果不是身体的原因，他只会越写越好。但是由于身体的原因，他可能做不到越写越好，只要能够维持住他自己的水平就够了，因为确实体力跟不上了。

大概在我三十多岁的时候，进入一种好的写作状态的时候，那种忘我的状态，完全忘记自己的存在，完全进入那个虚构的世界。那个时候，我年轻的时候，我大概能够在里边待一两个小时，现在二十分钟、半小时就出来了，累了，体力支撑不住。

所以写不动的这一天迟早是要来临的，什么时候来就什么时候来，这也是指我在一直很健康的情况下，要是突然生一个什么病的话，那就不知道了，可能随时就中断了。

魏冰心：您害怕衰老这件事吗？

余　华：现在还没考虑这个。去年年底得了新冠以后开始有这种感觉了，但是好在最近这一两个月感觉到明显恢复了。前段时间都有一点点失望，就感觉自己是不是一直这么下去了，各种问题都出现了。

魏冰心：最后一个问题，您希望当您不写的那一天到来的时候，大家会怎样评价作为作家的余华？

余　华：他们会说这个作家躺平了。

魏冰心：不是。是对您做一个总体的评价，您希望得到的是一个什么样的评价？

余　华：我不知道应该是一个什么样的评价，我没有想过别人对我怎么评价，我觉得我得到的已经足够多了，我作为一个作家，得到的已经多得有点过分了。所以差不多就行了，至于别人怎么评价，我已经不在意了。

莫言曾经跟我说，他给我的墓志铭想好了，就是《许三观卖血记》最后的那句话，说到时候给我写在墓碑上。最后一句话比较粗俗，不好说出来。

> "他的血才是猪血，他的血连油漆匠都不会要，他的血只有阴沟、只有下水道才会要。他算什么东西？我认识他，就是那个沈傻子的儿子，他爹是个傻子，连一元钱和五元钱都分不清楚，他妈我也认识，他妈是个破鞋，都不知道他是谁的野种。他的年纪比三乐都小，他还敢这么说你，我们生三乐的时候，这世上还没他呢，他现在倒是神气了……"
>
> 许三观对许玉兰说："这就叫屌毛出得比眉毛晚，长得倒比眉毛长。"
>
> 一九九五年八月二十九日

△
"《许三观卖血记》最后的那句话"

《余华文学课》
谈及作者和相关作品阅读清单

中国文学

干宝	《搜神记》
民间传说	《白蛇传》
神怪小说	《封神演义》
吴承恩	《西游记》
曹雪芹	《红楼梦》
鲁迅	《狂人日记》《伤逝》《坟》《热风》《华盖集》
史铁生	
莫言	《丰乳肥臀》
余华	《在细雨中呼喊》《活着》《许三观卖血记》《兄弟》《第七天》《文城》
苏童	《西瓜船》

俄罗斯文学

陀思妥耶夫斯基
托尔斯泰
契诃夫　　　　　　　　　　《万卡》

欧洲文学

南斯拉夫：伊沃·安德里奇　《特拉夫尼克纪事》
　　　　　　　　　　　　　《德里纳河上的桥》
塞尔维亚：埃米尔·库斯图里卡《我身在历史何处》
　　　　　　　　　　　　　《婚姻中的陌生人》
德国：古斯塔夫·斯威布　　《希腊的神话和传说》
　　　海涅　　　　　　　　《还乡曲》
　　　西·伦茨　　　　　　《面包与运动》《德语课》
　　　君特·格拉斯　　　　《铁皮鼓》
波兰：布鲁诺·舒尔茨　　　《父亲的最后一次逃走》
冰岛：拉克司奈斯　　　　　《青鱼》
法国：拉伯雷
　　　司汤达
　　　巴尔扎克
　　　波德莱尔
　　　福楼拜　　　　　　　《包法利夫人》《情感教育》
　　　马塞尔·普鲁斯特　　《复得的时间》

尤瑟纳尔	《王佛脱险记》
让－保罗·萨特	
阿尔贝·加缪	《鼠疫》
英国：狄更斯	《大卫·科波菲尔》《荒凉山庄》
奥斯卡·王尔德	
毛姆	
戴维·赫伯特·劳伦斯	
爱尔兰：萨缪尔·贝克特	《等待戈多》
瑞典：斯特林堡	
奥地利：茨威格	《一个女人一生中的二十四小时》
卡夫卡	《变形记》《乡村医生》
	《饥饿艺术家》《审判》
阿尔巴尼亚：卡塔雷尔	《亡军的将领》

美国文学

霍桑	《红字》
爱伦·坡	
欧·亨利	《警察与赞美诗》《麦琪的礼物》
	《最后一片叶子》
尤金·奥尼尔	
威廉·福克纳	《喧哗与骚动》《我弥留之际》
纳博科夫	《洛丽塔》
海明威	《老人与海》

拉美文学

阿根廷：博尔赫斯	《另一次死亡》
墨西哥：胡安·鲁尔福	《烈火中的平原》
	《佩德罗·巴拉莫》
哥伦比亚：加西亚·马尔克斯	《枯枝败叶》
	《没有人给他写信的上校》
	《恶时辰》
	《格兰德大妈的葬礼》
	《百年孤独》

澳大利亚文学

理查德·弗兰纳根	《河流引路人之死》
	《深入北方的小路》

其他

阿拉伯：民间传说	《一千零一夜》
土耳其：帕慕克	《瘟疫之夜》
埃及：阿拉·阿斯瓦尼	《亚库班公寓》